必勝ダンジョン運営方法 14

雪だるま
YUKIDARUMA

画 ファルまろ
FARUMARO

モンスター文庫

コメット
元・ダンジョンマスター。

「ヒフィー神聖国はアグウスト国に対して、
宣戦を布告いたします」
ヒフィー
ヒフィー神聖国の
神聖女。

タイキ（中里大輝）
日本人。勇者。
「ユキさん、あれ……」
「マジかよ……」
ユキ（鳥野和也）
日本人。
ダンジョンマスター。

「初めまして、我が同郷の若者たちよ」
タイゾウ（本目泰三）
日本人。
二次大戦の技術仕官。

ラッツ
兎人族。商会代表。

「どうしたの？
新しいポテチの味でも出た？」
ルナ
神族。ユキを異世界に
送り出した駄女神。

必勝ダンジョン運営方法⑭

雪だるま

MONSTER
bunko

必勝ダンジョン運営方法14

CONTENTS

第298掘 火の杖 —— 4

第299掘 始まるは情報戦 —— 19

第300掘 求められるもの —— 31

第301掘 飛龍隊 —— 48

第302掘 予想外 —— 61

第303掘 な、なんだってー!? —— 81

第304掘 情報整理と方針 —— 98

第305掘 残滓 —— 109

第306掘 味方の思わぬ動き —— 124

落とし穴 49掘 しあわせ —— 138

落とし穴 50掘 狩りと言ったら? —— 150

第307掘 国を守護する者 —— 161

第308掘 使者―― 175

第309掘 話し合い 表―― 188

第310掘 話し合い 裏 前編―― 202

第311掘 話し合い 裏 後編―― 216

第312掘 駄女神、説明しろ―― 229

第313掘 彗星の考えと思い―― 245

第314掘 いいか、奴は空気を読まない。絶対にだ。―― 256

第315掘 真面目な奴はついていけない―― 268

第316掘 それでも……。―― 282

番外編 始まりの村―― 296

第298掘：火の杖《つえ》

side：ミリー

「うーん。銀貨1枚はそれでも多いと思うがな」

モメントさんは義理堅い人なのか、金額に情報が釣り合っていないことに、少し申し訳ないといった感じの表情をしている。

「いいのよ。足りないと思ったら、その分、他の情報をくれてもいいんだから」

「ああ、そうだな。そうするか」

モメントさんが私の提案に頷いたので、ついでに横で話を聞いているテレスちゃんからも情報を集めることにする。

「どう、テレスちゃん。一緒に聞く？　こういう話は結構楽しいものよ？」

「え？　いいんですか？　私はお金払っていないですし……」

「観光案内や、危険な場所の話だからね。テレスちゃんも何かあったら言って欲しいなーって狙いもあるのよ。テレスちゃんもお店で色々な噂話を聞いているでしょう？」

「あ、はい」

「まあ、この場合はテレスちゃんにも情報料を払わないといけないんだけど、お店だしね。そうねー、追加の飲み物4つ、私と霧華、モメントさんに、テレスちゃん。あ、そういえば、お話しして大丈夫かしら？」

「大丈夫です。今、お昼時は過ぎましたし、お客さんは減っていますから、お父さんに言えば分かってくれます。すぐに飲み物持ってきますね‼」

そう言って、テレスちゃんが奥のカウンターで料理をしているお父さんと思しき人に話をして、その人がこちらをちらっと見る。

髭を蓄《たくわ》えた偉丈夫《いじょうふ》だ。

貫禄があって、今でも現役の兵士やれそうね。

「気前がいいんだな」

「裏がありそうな相手にはしないわよ。でも、信頼できそうなら、こういうことにお金を惜しまないのは普通でしょう？」

「まあな。情報は金より高いって言うからな。おれたち傭兵《ようへい》にとっては、情報は生きるために必要不可欠だ」

そんな軽い話をしていると、テレスちゃんが飲み物を持って戻ってくる。

今度はテーブルの前に立つのではなく、椅子に座って。

「さて、まずは2人に教えてもらえる方から聞こうかしら」

「そうですね。2人とも、こちらを……」

霧華《きりか》は道具袋から、この街で購入した王都の地図を広げる。

危険なことばかり聞いていたら、こっちも怪しまれるし、新婚旅行の下調べとして、皆からも頼まれているから問題なし。

「これって、王都ですよね？」

「だな」

「不思議そうな顔しないで。さっきも言った通り、私たちはここに来て間もないの。何か面白い観光場所があれば教えて欲しいってわけ。今いる王都を楽しむ情報を集めないとね」

「なるほど。確かに、その通りですね」

「……こりゃテレス嬢ちゃんが要るわけだ。おれは女性向けの店なんか知らないからな」

「そういうことですか‼　それなら任せてください‼　モメントさんより詳しいです‼」

「そりゃそうだろう。おれの方が知っていたら、テレス嬢ちゃんは、ラライナ様タイプってことになる」

「うっ、確かにお姉ちゃんは、あまりそういうところに興味ないんだよね……」

まあ、魔剣使いとして、日々軍務に従事していたら、そんな暇《ひま》はなさそうよね。

私室はあるだろうけど、すぐに空けないといけないだろうし、メイドが掃除に入るから、下手に趣味で部屋を満たせないわよね。

私の部屋なんて、珍しいお酒を棚に陳列しているし……。

いや、ユキさんはもちろん知っているわよ。

でも、ギルドの友達とかが見たら引くと思うわ。

一本で金貨何枚ってやつもあるし。

そういうのは、ナールジアさんと味わいながら飲むのがいいのよね。

エリスとかラッツは、高すぎる酒は逆に緊張して味が分からないとか言うし。

「で、何か優先的に聞きたいことはあるか？」

「そうねー。私はお酒が好きなの。どこか美味《おい》しいお酒を出してるところとか、売ってるお店はないかしら？」

そう、お酒。

これが結構、場所で味が違う。

まあ、ユキさんの故郷のお酒と比べると物足りないけど、決して届かないとは思っていない。

いつか、ユキさんの故郷を超えるお酒を見つけるんだ。

エナーリアでも、聖女様や追いかけてくる人たちを振り払って、お酒探しをしていたし。

もちろん、ちゃんとお仕事はしていましたとも。

「そうか、それならおれも教えられそうだ」

「うーん。私はお酒あまり飲まないんで……」

「大丈夫よ。テレスちゃんに教えて欲しい、女の子だけの、ってところもあるから」

そんな感じで、私の目標も達成しつつ、まずは王都での危険な場所や情報を集めることになる。

「……とまあ、ここがおすすめだな」

「ですね。ここの彫像は昔、アグウストを建国したとされる、聖剣使い様を……」

そして、話の中に時折ある聖剣使いの話。

悉《ことごと》く美化されて伝わっているなーと思う反面、あの直情家たちを上に据えていたらどうしようもないという気持ちもよく分かる。

「おっと、その路地には入るな」

「危ないです。よそ者を狙ったスリどころか、殺して金目のものを奪うこともありますから」

「へえ、そんな物騒な場所が王都にもあるのね」

「まあ、その通りに入らない限りは大丈夫だ。ある種の棲み分けってやつだな。どこにも明るい場所と暗い場所があるってことだ」

「私は全然理解できないですけどね。お姉ちゃんに頼んでパパっと排除してもらいたいです」

「そうもいかないんだよ。あの通りはあぶれ者を食わせているという意味もあるからな。シャドウズがそいつらをある程度まとめているから、あそこだけで済んでいるんだ」

「ああ、そのシャドウズが色々繋がっているわけね」

「そういうことだ。国のお偉いさんも絡んでいてそうそう手出しができない。それに、あぶれ者が王都で暴れないためのストッパーにもなっているから、一概に悪いとも言えないんだよ」

「どこにでもある話ね」

「だな」

シャドウズね。

これはユキさんたちに報告しておきましょう。

まぁ、こっちからは手出しはしないけど、まかり間違ってこっちに手を出してきたら、その日が相手の命日になるわね。

さて、王都の話は大体聞いたし、次はアグウスト一帯の話を聞こう。

霧華に目配せをして、アグウスト一帯の地図を広げる。

「さあ、次はモメントさんがメインね。テレスちゃんや私たちを満足させられる情報があるかしら？」

「楽しみです」

「ミリーはともかく、テレス嬢ちゃんが楽しめるような場所は記憶がないな」

「えー。こう、景色が綺麗《きれい》だとか、花が一面に広がっている場所とか、あるんじゃないですか？」

「あるとは思うけど、そういうのって男性の目には留まらないものよ」

「ちょっとまて、花は思い出せんが、景色が綺麗なところはここだ」

そう言ってモメントさんが指さすのは、何もない平原の1つ。

問題があるとすれば、そこは現在、ちょうど戦闘が起こっている地域。

「ここ平原みたいですけど、何かあるんですか？」

「ああ。ここには地図には載っていない湖があってな、湖面が鏡のようになっているんだ」

「へぇー」

テレスちゃんはそう言って興味を示しているのだが、モメントさんは苦笑いしながら続ける。

「興味津々なところ悪いが、ミリーたちならともかく、テレス嬢ちゃんは行くのはやめとけ」

「え？　この場所なら私でも行けますよ？　盗賊《とうぞく》くらいなら何とかなります」

「まあ、テレス嬢ちゃんと親父さんなら、盗賊くらいどうにでもなるだろうな」

「でしょ？」

「だがな、相手がちょっと違うんだ」

「相手が違う？」

「ああ」

そう言ってモメントさんの指がそのまま地図をはみ出して、ある一点で止まる。

「ここだ」

「ここって、よその国じゃないですか。確かヒフィー神聖国でしたっけ？」

「よく知っているな」

「そりゃ知ってますよ。なにせ、聖剣使い様たちが生まれる前からいた神様を祀っている国ですよ」

引っかかった。

そんな神様の話なんて聞いたことがない。

「ねえ。その神様って何？」

「あ、知らないんですか？」

「テレス嬢ちゃん、知らなくて当然だ。これは奴らが言っているだけだからな」

「言っているだけ？」

「えーと。たまーに、神聖国の人が、この王都に来られるんですよ。ほら、物語では神様が聖剣を作り、それを受け取った人たちが、後の聖剣使いになったっていうじゃないですか」

「そうね。そんな話だったわ」

「その、聖剣を生み出した神様を祀っているって、神聖国の人たちは言っているんです」

……ちょっと待って。

聖剣使いを作り出したのは、この新大陸の、前任者のダンジョンマスターのはず。

神様とダンジョンマスターが混同されている？

それとも、ただ信仰を集めるための嘘？

「もっぱら嘘だって話だがな。なにせ、聖剣使いの話と一緒に全然広がってない」

「あれ？　そうなんですか、ミリーさん？」

「そうね、私がよその国にいた時には聞いたことのない話ね。で、そのヒフィー神聖国が相手ってどういうことかしら？」

「おっと、その話だったな。まあ、神聖国の奴らが、そんなふうに取ってつけたような神様を信仰しているのはいい。王都に来た時も炊き出しをして、食うのに困っている人たちを自国に連れて行って仕事を斡旋《あっせん》しているって話だしな」

「その話のどこに危ないところがあるのよ？」

「問題はここからだ。おれがひと月ほど前に、商人の護衛《ごえい》の仕事でヒフィー神聖国の聖都に行った時の話だ。おれが護衛していた商人にはそこまで荷物はなかったが、よそ、つまりアグウスト方面以外からの商人の荷物には大量の食糧が積まれていた。あと、鉄とかな。特に飢餓の話もないのにだ……」

「どういうことですか？」

テレスちゃんはよく分かっていないようだ。

食糧という物資をかき集める。

それも、飢餓などもないのに……。

この答えは1つ。

「大規模な軍事行動をするつもりってことかしら？」

「そうだ」

「えっ⁉　軍事行動って、なんのために？　アグウストの周辺諸国は、最近は大人しいんでしょう？　魔物退治とかじゃないんですか？」

「おれも最初はそう思っていた。でもな、情報がまとまらない。魔物退治という噂もあれば、隣国の小競り合いに決着をつけるという話もあった。だから、知り合いのヒフィーの兵士に聞いてみたんだ。そしたら……」

「そしたら？」

「馬鹿らしい話だが、本人たちは真剣に、兵士全員に魔剣が配られたと話していてな」

「まっさかー」

「おれもテレス嬢ちゃんと同じ反応をした。しかもだ、その知り合いの兵士は男でな。魔剣使いの条件である女性という前提ですらクリアしていなかった」

「当然じゃないですか。魔剣はお姉ちゃんみたいな、才能ある女の人しか使えないんですよ」

そう、この新大陸での常識、魔剣は女性にしか使えない。

しかし、私は知っている。

おそらくは、前任者がそういうふうに作っただけだ。魔剣なんておもちゃに見えるレベルの物を誰でも使えるように作れる知り合いがいる。主に飲み友達で。

だから、彼らの言う常識は私にとっては脆《もろ》い。

だけど、彼らにとって、それは当たり前のこと。

「しかし、その知り合いの兵士は特別だと言って、魔剣を使って見せた」

「ええー？　それ、本当に本物ですか？　魔術をこっそり使ってません？」

「いや、そいつは魔術も使えない。だから、あれはたぶん本当なんだろう。まあ、誰も信じてくれないけどな」

そう、その当たり前を盾に今まで隠れていたのかもしれない。

常識が覆ることを人は拒絶したがるから。

私の旦那相手に狼狽《うろた》えた人は数知れないし。

私を含めてだけど。

「手に入れたその力で、周辺諸国への牽制《けんせい》と近場の魔物退治をするのが目的だったらしい」

「ああ、それでですか」

「そういうことだ。盗賊退治や魔物退治中のヒフィー神聖国と出くわす可能性があるからな。ちょうどここの湖は国境近くだ。まあ、アグウスト相手にケンカを売るとは思えないけど、一般人だから下手すると巻き込まれたり、盗賊と勘違いされてもおかしくない。しばらくは、ヒフィー神聖国の動きを見た方がいい」

「なるほどね。これは私たちも気を付けた方がいいわね」

「そうですね」

「それが賢明だな。ミリーたちもこう言っているし、テレス嬢ちゃんも行きたいなんて親父さんに言うなよ。もちろん1人で行くのもダメだからな」

「分かってますよ。お父さんがこういう情報を集めないわけないし。1人でこんな所まで行くわけないですよ」

ヒフィー神聖国の話が聞けたのは僥倖《ぎょうこう》ね。

おそらく、モメントさんが言っていることは事実で、今攻めてきてるのはヒフィー神聖国で間違いないでしょう。

話から推察するに、魔剣をどうにかして揃えて、使える制限を解除したと見るべきね。

ユキさんから聞いた話と一致するし、信憑性《しんぴょうせい》は高い。

私がそんなことを考えているうちに話題は別の名所に移り、それ以降、特に興味を惹かれるような話はなかった。

学府への道に強力な魔物が出て危ないってぐらいね。

で、いよいよ話が終わろうとしていた時、モメントさんに声をかける男がいた。

「よお。モメント。なんだ、女を引っかけているのか？」

「いんや、この2人、同業者だぞ。目でも悪くなったか？」

「……あ、本当だ。というか、やべえ。生半可な実力じゃねえな。お2人さん」

「どうも」

「それほどではありませんよ。そういうあなたは魔術師ですか？」

その男は手に杖を持っていた。

だから、それを見た霧華は自然とその杖に視線が向く。

「ん？　ああ、まあ昔、学府ではちょいと有名でな」

「何言ってやがる。シングルナンバーどころか、ダブルもギリギリだったくせに」

「うるせーよ」

そうやって笑いながら話をしていたモメントさんが、不意に思い出したように口を開く。

「そういえば、ヒフィー神聖国で妙な杖を見たな」

「ああ？　お前が前、男が魔剣を装備していたって話か？」

「いや、魔剣とは別だ。その兵士が魔剣とは別に火の杖って言って、鉄の……なんというか、杖みたいなものを持っていたんだよ」

「なんで疑問形なんだ？」

「いや、それが杖にしては妙な形でな……」

モメントさんがコップに指を突っ込んで、水でテーブルにその杖の形を描き始めた。

「……杖じゃないか」

「いや、形はそう見えるけどな。兵士はこの杖を、こう柄の方を腕に当てて、横に持つんだ」

「杖の使い方じゃねーな。というか鉄って言っていたな。どこが火の杖なんだよ？」

「さあな、こればかりは実演してくれなかった。なんか、この杖は中心がくりぬかれていて、穴から火が噴き出るとかなんとか……」

「「!?」」

2人で顔を見合わせる。

最後のモメントさんの言葉であるものが想像できた。

地面に突き立てるのではなく、水平に持ち、鉄でできていて、中心がくりぬかれていて、そこから火が噴き出る。

「「銃」」

絵が水で描かれているので、どんなタイプの銃かさっぱり見当がつかないけど、私たち2人とも同じ答えを出した。

確か、ジェシカが言っていたっけ。

よその国で異世界から人を呼び出して、発展を遂げた国があるって。

「ねえモメントさん。そのヒフィー神聖国によその人が来て発展したなんて話、あるかしら？」

「ん？　ああ、つい数年前、神の名の下に、聖剣使いを超える英雄を呼び出したとかなんとか言ってた気がするな」

「それはただの強がりの嘘だろ。結局今までなんの動きもないし、特に変わったことはない」

「でも、ヒフィーの方は英雄を呼んでから、潤《うるお》っているみたいだぜ?」

「それが英雄のやることかよ」

「まあな」

……どうやらよそ者がいるのは間違いないみたいね。

そして銃らしきものを作っているところから考えて。

ユキさんの世界から呼び出された人がヒフィー神聖国にいる可能性が高い。

まずい。

早くユキさんに伝えないと‼

「ありがとう。急用を思い出したわ。テレスちゃん、お金ここね。モメントさんも、お友達の人もありがとう。また何かあったらここに来るわ」

「失礼します」

私たちはそう言って、すぐにお店を飛び出る。

「まったく、厄介《やっかい》どころじゃないわよ‼」

「主様と同格とは思いたくないですね」

「それだと新大陸は火の海ね。ともかく、この話をユキさんに伝えるわよ‼」

「了解‼」

第299掘：始まるは情報戦

side：ユキ

俺たちはイニス姫から、偵察《ていさつ》して欲しい箇所の説明を聞き、出発準備に取りかかろうとしていた。

「できれば、父上を助けてくれ」

「はい。できればそうしましょう」

「頼む」

そう言って深々と頭を下げる姫さん。

こういうところはしっかりしているよな。

今までのは演技というか、ミスリードみたいなものか？

そうだとしたら、なかなか食えない姫さんだな。

「と、すまない。最後にクリーナ」

「……なに？」

「お前はユキ殿と結婚しているのだったな」

「そう。もう人妻」

「怒らずに聞いて欲しい。当初の予定ではクリーナを徴集して、アマンダ後輩とユキ殿たちの協力を何としてでも得るつもりだった」

「……」

クリーナの表情が固まり、魔力が集まっていく。

慌てて俺が抱き込み落ち着かせる。

「……最低」

魔力は霧散したが、クリーナはそう姫さんに言葉を吐き捨てる。

「こら、クリーナ‼ 申し訳ありませぬ、姫様」

ファイゲルさんが慌てて娘の非礼を詫びるが、姫さんは気にするなと言わんばかりに首を横に振る。

「いや、よい。私も自分を餌に、周りが死地に赴くなどと謀られれば頭にくる」

「……私はユキの足枷《あしかせ》になるつもりはない。そんなことになるなら、私は今ここで死ぬ」

クリーナはマジなのか、氷の魔術で剣を作り首筋へ持っていこうとする。

が、俺を含め、全員がそれを止める。

「はいはい。落ち着きましょう、クリーナ。お兄さんはそんなこと望んでいませんよ」

「そうです。旦那様は一緒に生きて欲しいと言っているのです。それは間違った選択ですよ」

「大丈夫よ、クリーナ。妹分にこんな非道を申し付ける相手なんて吹き飛ばしてあげます」

そう言うのは、ラッツ、ルルア、エリス。

特にエリスはお偉いさんとの交渉《こうしょう》でイライラすることが多いせいか、妹分にあんな表情をさせたことに怒っているのか、今にでも王城を吹き飛ばしそうだ。

「いやだよ。クリーナお姉ちゃん、お勉強教えてくれるって言った!!」

「そうなのです!! お約束したのです、だから死んじゃだめなのです!!」

「ええそうよ。もうクリーナは家族なの。それに手出しするのなら加減なんてしないわよ?」

アスリンとフィーリアは泣きそうな顔で抱きついているが、ラビリスは威嚇を含めて睨《にら》んでいる。

さて、そろそろ俺が口を挟《はさ》まないと、真面目に王城が吹き飛びそうだな。

「イニス姫様。わざわざこの場で言ったのは、何か別の意図があるからでしょうか? さすがに反感を買うために言うような状況でもないですし」

俺がそう聞くと、姫さんは頷く。

「ああ。しかし、クリーナを利用しようとしたのだ。国のため、政治的な判断としては当然だが、私個人としては絶対に取りたくない。こうやって、真っ向から言って、せめて非難の声や視線を浴びる責任があると思ったのだ」

「イニス姫様がそうやって自身に罰を与えているのは分かりました。お気遣いと、自己満足であるというのはまあ除いて。で、俺たちに伝えるべき、本題はなんですか?」

「自己満足か……。ばっさり言ってくれる。まあ、否定はできんな。で、本題の方だが、今回の協力報酬《ほうしゅう》として、私の方からは、クリーナとユキ殿の結婚を正式に認め、アグウストからの徴集を受けなくてもよいと、私が確約する」

なるほど、クリーナをこの一件で自由にすると言っているのか。

まあ、俺たちは一応ポープリの依頼で動いているので、契約の変更を言われたのだから、報酬を支払うべきはポープリであって、姫さんではない。

だから、まずはあの話をして、クリーナが駆け引きの道具として使われる可能性を示唆して、自分がそれを潰す、あるいは、有事の際には協力すると言ったわけだ。

まあ、クリーナをどうこうしようとしたら、俺はもちろん、今のように、ウィードのメンバーに宣戦を布告するようなもんだから、火の海だぜ？

文字通りで。

「お気遣い感謝します」

「姫様ありがとう」

「下種《げす》な考えをしたのだからな。これぐらいは当然だ。だが、危険な任務に放り込む事実は変わらん。クリーナ、無事に戻ってこい。無論、夫であるユキ殿もだ」

「ん、大丈夫。子供を作って幸せになる予定」

「まあ、でき得る限り頑張りますよ」

そして、姫さんは、エオイドとアマンダに頭を下げる。

「同じように、新婚であるアマンダ後輩とエオイド後輩を戦地に送るしか方法が思い付かない私を許してくれ。そして、どうか無事に戻ってきてくれ」

「はい‼　大丈夫ですよ‼　イニス先輩と色々話したいですから‼」

「偵察とはいえ戦いに参加するのは、自分たちの意思でもあります。必ず、アマンダを守ります。イニス先輩もどうかご心配なく」

「ありがとう。では、さっそくで悪いが、兵舎の方へ行ってビクセンを連れて予定通りに偵察に向かってくれ」

「「はい‼」」

2人は元気に返事をする。

初めての戦場にイヤイヤ行くよりはマシか。

竜騎士たちはやる気満々で外へ駆けていく。

「……やる気があるだけマシと思うべきか」

「ですな」

出ていく2人を見て、姫さんは何とも言えない顔で言い、ファイゲルさんも同じような顔をして返事をする。

「さて、老師。命令書と手紙を……」

そして、俺たちに今回の作戦を証明するための命令書と、万が一、国王に会った場合の手紙を、ファイゲルさんを通して渡してくる。

「どうか、あの若者たちを頼みましたぞ。そして、クリーナも幸せにしてやってくだされ」

「……師匠」

「はい。クリーナは必ず幸せにします。いずれちゃんとした式を挙げる時は、どうかご出席ください」

「ああ、楽しみにしておるよ。では、無事に戻ってきてくれ。息子殿」

2人の見送りを受けて、俺たちはアマンダとエオイドの後を追う。

一応、飛び出した2人にはエリスがついて行ったので、お説教をしながらの移動だから、すぐに追いつくだろう。

と、思っていたのだが……。

『ユキさん。ミリーです。今いいでしょうか？　先ほど兵舎近くのお店で情報収集したのですが……』

ミリーから連絡が来た。

皆に目配せをして、ラッツを先に行かせ、エリス、アマンダ、エオイドと合流して、ビクセンさんに先に会って話を通してもらっておく。

こうやって、連絡が来るということはそれなりの情報があったということだ。

後回しにするわけにはいかない。

「大丈夫。で、何か情報を手に入れたんだな？」

『はい。信憑性はどこまであるか分かりませんが。耳に入れておかなければいけない情報がありました。ユキさんの方から聞いた、魔剣と火の杖です』

「誰か兵士が店に来て話していたか？」

『いえ。それが、ヒフィー神聖国へ商人の護衛で行かれた傭兵の方がいまして……』

なるほど、傭兵からの情報か。

それなら、下手な兵士よりはマジリっ気のない、ただの見たままの話が聞けそうだな。

『まず、魔剣については、女でなくても使えるという話を聞きました。実際魔剣をヒフィー神聖国の男の兵士さんが使って見せたそうです。もともとは魔術すらも使えなかったらしいのですが』

「そこは、まあ予想通りだな。どういう仕掛けか知らないが、誰でも使えるようにならないと、魔剣がたくさんあっても戦争するための戦力にならないからな」

だが、情報として話が聞けたのは成果だ。

兵士でなく傭兵からの話が一致するということは、本当に魔剣が制限なく使われていると思っていいだろう。

まあ、常時情報は集めて更新し続けるのが基本だが。

『火の杖についても話を聞けました。そして、これが一番の問題でして……』

「銃か？」

「「「えっ⁉」」」

俺の適当な答えに、嫁さんたちが驚いた声をあげる。

『……気が付いていたんですか？』

「いや、全然。適当」

「「「えー」」」

今度は呆れの声が広がる。

「まあ、適当ではあるが、想像をしていなかったわけでもないがな。情報が足りなさすぎだから、俺の想像を言うわけにもいかないだろ？」

「まあ、そうですね。で、お兄さんが銃と答えた理由はどこに？」

「杖が火の杖に限定されているところだな」

「火の杖に？」

「ああ。魔剣の属性は分かっていないのに、なんで杖は『火の杖』って分かったんだ？」

「そういえば、変ですね。分かっていないなら、エンチャントの杖と言うべきですよね？」

「つまり、火の杖というのは明確に火の杖と分かる理由があるんだ。たとえば一斉に杖で攻撃された時、火が出る光景を目にしたとか」

「ああ、そういうことですか。魔剣は剣から色々出るわけですが、杖の場合は同じような現象が同時に起きて、それを言い表すのにふさわしい呼称が火の杖だったというわけですか」

「そういうこと。そして、俺たちが扱う銃にはそこまで目立った炎は上がらないが、昔の銃は思いきり火が上がったんだ。銃が火を吹くなんて言葉もあるぐらいに」

『それで銃と思ったわけですね』

「ああ。しかし、その情報は厄介だな。分かったのは、銃を使うだけだよな？」

『……すいません』

「いや、ミリーと霧華はいい仕事をした。それは間違いない。事前に得られたのは間違いなく幸運だ。これで銃の種類まで分かったら、びっくりどころか、内通者かと疑うレベルだな。その傭兵」

「ですねー」

　しかし、面倒だな。

　銃がある戦闘はがらっと、戦い方が変わる。

　想定はしていたが、実践は初めてだな。

「……よし。ミリーと霧華は今日の情報収集は終わりだよな？」

『はい。急用と言って出てきましたから。無理に情報収集に戻ろうと思えば戻れますが……』

「いや、2人はいったんウィードに戻って、スティーブたちに航空戦力を整えろと連絡してくれ。俺たちはまだ出発する前だからな、ビクセンさんと顔合わせして出る必要がある。ドッペルに任せてもいいが、兵舎でも情報は集められるだろうし、そこには俺たちが直接行きたい」

『分かりました』

「あと、セラリアやウィードで待機しているメンバーにも伝えてくれ。銃の戦闘になる可能性が高いってな」

『はい』

とりあえず、今は少しでも情報を集めて、対策を練らないとまずい。

銃があるならなおさらだ。

敵の使用武器、射程、威力、その他諸々を集めないと手痛い被害を受けることになる。

そんなことを考えていると、ミリーがまだ伝えることがあるようで続けて口を開く。

『最後に、数年前にヒフィー神聖国に聖剣使いを超える英雄が呼び出されたという話が……』

「だろうな。銃なんてのは、どう考えても外部からの入れ知恵だ。この世界がすでに銃を自力で発明していた、ってのも考えられなくもないが、最悪を想定するなら俺やタイキ君と同じように、銃の有用性を知っている誰かが呼び出されたと考えるのが普通だ」

ただ銃を発明しただけでは、こんなに早く銃を使った軍を組織できるわけがない。

銃も発明された当初は、その有用性を疑われている。

俺たちの世界ですらそうだったのだから、魔術による遠距離攻撃が多彩なこの世界で、銃を作ったとして、コストや威力を考えて主兵装になるまでどれだけ時間がかかるか。

そしてその過程で、銃という新たなカテゴリーの武器がこの新大陸中に知られていてもおかしくないが、いまだにこの大陸で聞いたこともない。

なら、銃の有用性を知っている誰かが、特別な立場で呼び出されて、その立場を利用して揃えるしかない。

たとえば、神から呼び出され異世界より来た、英雄、勇者とかな……。

「ちょ、ちょっと待ってください。旦那様。それでは、今回の相手は……」

ルルアが震える声で聞いてくる。

他の皆も、驚きや、どこか悲しそうな表情をしている。

「ああ。異世界人だと思っていいだろうな。まあ、都合よく俺やタイキ君と同じ世界ってことはないだろうが……」

「あ、そうですね。お兄さんの世界だけから呼び出されるなんて都合のいいことがあるとは思えませんね」

「そういうこと。同じ世界出身なら、タイキ君と同じように和解に持ち込めるかもしれないが、まったく関係ない可能性もある。だから、呼び出されたからといって俺の知り合いや同郷の人だとは限らない」

俺がそう言うと嫁さんたちはホッと息をつく。

「よかったですわ。同郷の者同士で殺し合うなんて、そんなつらいことをして欲しくありませんもの」

「ん。ユキが悲しむ姿は見たくない」

サマンサとクリーナがそう言うと、他の嫁さんたちも頷く。

本当に優しい嫁さんたちでよかったよ。

「よし。ミリーの話もふまえて、兵舎に行って各自準備が整うまで情報収集頼むぞ」

「「はい」」

さて、どこまで情報を集められるかね。

せめて火縄銃ぐらいだと助かるんだが、そこはスティーブたちの航空戦力での高高度偵察で調べてもらうしかないよな……。

そして、呼び出されたといわれる、特別な立場の人物。

これが、都合よく俺やタイキ君とはまったく関係ない、別の世界の住人だというのは、それこそ都合のいい解釈だろうな。

こういうのにはお約束ってのがあるからな……。

せめて、タイキ君みたいに話が通じるタイプだといいなー。

俺TUEEEでハイになっている馬鹿でないことを祈る。

第300掘：求められるもの

side：？？？

「どう思う、これは？」

「面白いと思わないか？」

そう言うのは私の師と呼べる人たちだ。

まったく、いきなり呼び出されたと思えばこれだ。

この人たちは本当に根っから科学の申し子らしい。

私も、少しでもこの人たちに追いつけるようになりたい。

見知らぬ世界を見出し、研究し、その謎を解き明かし、技術という名の未来を作る。

世界はいつだって、未来へ、新しい世界へと繋がっている。

その中で、自分も、己の手で新しい未来を作ってみたいのだ。

だが、世の中というのは、好きなことをやっていても飯は食えない。

だから、研究成果を出し、世の中に役立て、自分たちのやっていることが有意義であり、未来を作るものと証明しなくてはならない。

その現実と向き合いながら、それでも私の師たちは今日も研究室にいる。

「あれ？　今日は電流計の針の、異常な振れ方の究明はしないんですか？」

「ん？　ああ、今日は息抜きだよ」

「お前も読んでみるか？」

そう渡されたのは、銃の歴史という本だった。

「なんでまた？　まったく関係ないじゃないですか？」

「だから息抜きだと言ったろ。私たちは1つのことに集中すると周りが見えなくなるからな」

「そうそう。わざとこうやって、研究分野と関係のないものを読んで、心を落ち着けようってわけだ」

「はぁ」

……相変わらずよく分からない人たちだ。

「結構面白いものだぞ。火薬の作り方や、銃撃に耐えられる鉄の強度とかな」

「私たちは最初から道具を用意されているからな。研究費が下りなくなれば、自力でどうにかするしかない」

「まさか、自力で作る気じゃないでしょうね？」

「まさかではない。有事に備えなくては意味がない」

「そうだ。結局のところ私たちの研究も、他人からの評価がなければ研究費は削られる。だが、その研究がきっと何かに繋がると思えば、お金がなくても研究を続ける必要があるだろう？」

「いや、それはそうですが……」

それで、なんで材料を作ろうという発想になるのか？

なんて聞けるわけもない。

きっとこういう生き物なんだろう。

とりあえず今日は渡された本を読んでみよう。

こういう知識は、師たちの言った通り無駄にはならないと思うから。

きっと、面白半分だろうが……。


時は流れ、師たちの研究は一定の成果を上げるが、時は二度目の世界大戦へと進み、研究というのは、いかに人を殺せるか、目標を破壊できるか、移動能力など、そんなものが重視されるようになっていった。

「上の連中は頭が固いな」

「言っている理屈も分からないでもないがな」

「でも、あれができれば人死には……」

「上の理屈はこうだ。電波を出しながらなど、提灯をつけて自ら的だと言っているようなものだとな」

「それは、改良を進めれば……」

「改良に割ける予算があれば、新しい兵器を開発したいだとさ」

そして、師たちが開発したものは、敵の方が有用性を理解して、軍に取り込んでいた。

私たちの国は遅れてようやく師たちの研究と開発の重要性に気が付いたらしい。

まあ、もっと早ければこんな劣勢には……なんて言うつもりはない。

ある程度、学のある人なら分かっている。

今回の戦争、落としどころを間違えた。

いや、これは最初から結果の決まっていた戦争だった……。

結果、多くの命と資源をすり減らし、私も消耗される日が来た。

ウーーーーッ。

そんな音が鳴り響く。

周りの人々は一斉に空を見上げる。

「な、なんでこんなところに⁉」

「馬鹿言ってないで逃げろ‼ 空襲警報だぞ‼」

そう、空襲警報。

この地域では珍しいことではあるが、なかったことではない。

ここは、軍需用品を作っているのだから。

「技術士官殿‼ 避難を‼」

「分かっている。しかし、この資料を燃やされるわけにはいかない」

これは、師たちの研究の成果、情報をもとに、さらに高精度な相手に探知されない――。

ヒユウゥゥゥーーー……。

私が以前いた場所はそれなりに都会だったため、この音はよく聞いた。

爆弾が落ちてくる音だ。

「ひなっ」

「えっ」

ドォォォォン……。

ああ、まさか目の前に落ちてくるとは思わなかった。

スローモーションのように爆弾が落ちて、爆発する瞬間を目にする。

あぁ、映像をカメラに記録できれば、かなり有用なデータになるのではないだろうか。

そんな馬鹿なことを考えながら、私は爆発にのまれていった。

……私も師たちのことは言えないな。

結局、根っからの研究者だったのだ。

八木先生、宇田先生、一緒に電波指向方式の改善を研究できなくてすいません。

次があるのなら、戦争のためでなくもっと楽しいことのために研究を、未来を作ってみたい。

私としたことが、最後に変なことを祈ってしまったな。

いや、輪廻転生を否定するわけではないのだが、宗教もありだと思う。

だが、研究者である私がそういう願掛けを最後の最後にするのが、なんとなく可笑《おか》しく思えたのだ……。


……さあ、目覚めなさい……。

そんな声が聞こえた気がした。

おかしなものだ。

私の意識は確かに途絶えた。

いや、生を終えたはずだ。

まあ、まともな往生とは言い難いが、それなりに充実してたと思う。

未練がないと言えばウソだが、己が死を回避できたようには到底思えない。

まさか、大怪我《けが》で生き延びたか？

それはそれで嫌だな。あの直撃で生き延びても、もう一生ベッドの上だろう。

……あれこれ考えても仕方ない。

とりあえず、目を開けて状況を把握《はあく》してみるか。

ひと通り考えたあと、とりあえず自分の体の感覚に違和感がないので、閉じていた瞼《まぶた》を上げる。

「ようこそ。神聖界アロウリトへ。私に選ばれし異世界の勇者よ」

そこには外国人がいた。

美女と呼んでいいのだろう。

白髪とは呼べないほどに光を反射するところから見て、金髪ではなく銀髪と言うべきか？

外国ではプラチナブロンドと呼ぶのだったか？

はぁ、敵国語だからといって、こういう常用語まで禁止されると色々面倒だな。

と、それはいい。

まずは、返事をしなければ。

先ほどの言葉はおそらく私に言ったのだろう。

私の後ろに人がいればその人かもしれないが、あいにく、この個室？　には私と彼女以外の気配がない。

精神修養で示現流を学んだおかげでそれくらいは分かる。

まあ、地元の訛りのせいで上京した際には困ったものだが。

「申し訳ない。先ほどの言葉、私に言ったのでしょうか？」

彼女にそう言葉を返す。

しっかりとした日本語、それでいて外国人の容姿となれば、伊か独の人だ。

共闘国で、日本語がしっかり話せているとなれば、日本に在住する立派な家柄の娘さんなのだろう。

私のような技術士官は下手な対応をすれば、首を落とされかねない。

「ええ。間違いなく貴方に言いました」

「そうですか。私、大日本帝国軍、技術開発局、第23部隊所属、階級は少尉、本目泰三《もとめたいぞう》と申します」

そう言って、ビシッと敬礼をする。

粗相のないようにしなければ。

わけの分からないことを言われたが、真意を問うより、まずは私がしっかり自己紹介をするべきだな。

「モ、モトメ、タイゾウ?」

「はい。日本人特有の名前です。ああ、本目が苗字《みようじ》、家名でして、泰三が名前になります。こちらで言うのであれば、タイゾウ・モトメですね」

「貴族の生まれの方でしたか。丁寧な説明痛み入ります」

「いいえ。我が国では誰でも家名を名乗ることが許されています。私自身は一般の生まれですので、畏《かしこ》まっていただく必要はありません」

……家名でそんな勘違いをするか？

いや、箱入りお嬢様なのかもしれない。

「いえ、タイゾウ殿には礼を尽《っ》くす必要があるのです。先ほども言いましたが、貴方は遥か遠くの異世界より、私が呼び出した勇者なのですから」

「はぁ。その、勇者というのは兵士のことでよろしいでしょうか？」

正直、混乱してきた。

どう考えてもお遊びの話なはずなのに、兵士になれという話になっている。

いや、いつの間にか、このお嬢さんのお話し相手になれとでも命令が来ていたか？

勇者とは勇気ある者。軍隊における、優秀な兵士を指す言葉だ。

「ああ、遥か昔にはそう呼んでいましたね。私たちの世界ではすでにその意味は忘れ去られて久しく、勇者とは英雄を超える者として認識されています」

「そうなのですか」

「はい」

……あれ？

話が通じているようで通じていない気がする。

落ち着け、こっちから名乗ったのだから、まず最初の礼儀は大丈夫なはずだ。

彼女の名前を聞いて、状況を説明してもらおう。

後で上官に叱責を受けるかもしれないが、何も状況が分からないまま話を進めるよりはマシだ。

「失礼ですが、お名前を伺《うかが》ってもよろしいでしょうか？」

「ああ、すいません。私の名前はヒフィー。ヒフィー神聖国を束ねる神聖女であり、その神聖国が称え崇める女神でもあるのです。どうぞ、ヒフィーとお呼びください」

……ヒフィー神聖国？

まったく聞き覚えがない。

というか、彼女の言が正しいのであれば、彼女は国のトップである。

女神とかはいったん放っておく。

とりあえず、まったく信用ならんが、機嫌も窺《うかが》わなければいけないので、それとなく話に乗って情報を集めるしかない。

「申し訳ありません。私は無知なもので、ヒフィー神聖国の名前を聞いたことがないのです。いったいどこにある国なのでしょうか？」

「聞き覚えがなくても仕方ありません。ここは神聖界アロウリトなのですから、タイゾウ殿が生まれ、生きてきた世界とは違うのです」

「そ、そうですか……」

まずい。

これはやばい変な宗教に巻き込まれたのか？

しかし、生贄《いけにえ》にしようとかいう物騒な雰囲気でもない。

わけが分からないぞ。

「ふふ。そうでした。異世界に連れてこられて、部屋の中で話していても分かりませんね。どうぞこちらについてきてください」

そう言って彼女は微笑《ほほえ》んで、扉を開ける。

すると、扉の前にはまた美人な女性が佇んでいる。

「コメット、護衛ご苦労様」

ヒフィー殿がそう声をかけると、返事もなく頭を下げる。

しかし、美女なのだが、肌が異常に白い。

いや、青いか？

こう言っては失礼だが、まるで死人みたいだ。

「彼女はコメット。貴方とは立場は違えど、魔術道具の開発に携わっていて、我がヒフィー神聖国の柱でもあります。仲良くしてくださいね」

「コメットと申します。これからよろしくお願いいたします」

コメット殿はそう言って、綺麗な金髪を無造作に揺らして頭を下げる。

そう、ただ人形がカクンと首を落としたように。

頭を上げた後も乱れた髪を直さないので、その認識は間違っていないと思う。

と、ただ無頓着なだけかもしれない。

私の師たちも私生活はとんでもなかったからな。

「これはご丁寧に。私はタイゾウ・モトメと申します。タイゾウとお呼びください」

「はい。タイゾウ殿」

乱れた髪が彼女の顔を隠し、片目だけからの視線が私に届く。

……やっぱり何かただならぬ感じがする。

「あらあら、コメット。ちゃんと髪を整えないと。綺麗な姿が台無しだわ」

そう言って、ヒフィー殿が髪を手で直していく。

……こう見れば、容姿に無頓着な妹の世話を焼く姉と言った感じだろうか？

「すいません。ヒフィー様。今後は注意します」

「いいのよ。私が直してあげるわ。そうしないとコメットは研究ばかりだから」

「了解しました」

でも、何か受け答えは硬いな。

まあ、死体が動くわけもあるまいし、こんな感じの人なのだろう。

私はそう納得して、彼女たちの案内のもと、外へ出た。

目の前に広がるのは、城の周りにあるちょっとの畑と、見渡す限りの草原。

こんな景色は日本にはない。

確かに私は、記憶が途切れる直前まで、日本の工場にいたはずだ。

「信じていただけました？　ここが神聖界アロウリトだと」

そうヒフィー殿が言う。

現在の劣勢を考えれば、共闘国に足を運ぶのは困難なはずだ。

それも、私が一度も目を覚まさず連れてこれるわけがない。

状況から考えて、本当に私は異世界に連れてこられたのだろう。

なぜ、日本語が通じるのか分からないが、よくよく彼女たちの口の動きをみれば、日本語を喋《しゃべ》ってはいないみたいだ。

ただ、音は日本語として私の耳に届いている。

何かの呪術か？

それとも、私の耳に何か細工をしたか？

クソ、医学の細部はまったく勉強していないから見当がつかない。

「……とりあえず、見知らぬ地に連れてこられた。そういう認識はできましたが、まだ多少混乱しております」

「そうですね。すぐに何かを成してもらおうというわけではないので、ゆっくりこの大神聖堂でお過ごしください。その間に色々分かると思います」

「私を勇者として呼んだのではないのでしょうか？」

「はい。ですが、倒すべき、超えるべきものは強大で、力だけでは無理なのです。だからこそ、異世界より卓越《たくえつ》した知識を持つ貴方、タイゾウ殿を呼び寄せたのです。どうかお力をお貸しください」

「……えーと、小官にそんな大役が務まるとは思いませんが、ご協力はさせていただきます。その話を聞いたところ、私はどうやら命を救われたようなので」

「命を、ですか？」

「はい。私は命を落とす寸前でした。状況を見るに、ヒフィー殿に呼び出されたことによって、難を逃れたようです」

「そうですか。でも、そんなにすぐにお返事をしてよいのでしょうか？　お話を聞くに、軍の方とか」

「ええ。そうです。ですが、命を救ってもらって、恩を返さず祖国に戻るわけにはまいりません。日の本、日本の大和の心を見せる時だと思いました」

まあ、敗戦濃厚で無茶な国家総動員体制を取っているんだ。

戻ったところで命を散らすだけだろう。

私が取るべき行動は、このヒフィー神聖国とよりよい関係を築き、日本と国交を繋げ、よき友となってもらえるように尽力すべきだ。

それが、命を救ってもらったことへの恩返しにも繋がるのだから。

幸いなことに、師たちの息抜きで色々本を読んでいるから、ゼロからでも色々なものが作り出せるだろう。

この国の文明レベルは分からないが、なんとかやっていけそうだ。

本当に、色々手を出しておくものだな。

酷《ひど》いことにならないように、調整などは必要だろうが。

……あんな戦争なんかまっぴらだからな。

side：タイキ・ナカサト

『……ということだ。何か詳しいことが分かればタイキ君にも来てもらうかもしれないからそのつもりで』

「はい。分かりました」

そう言って連絡が切れる。

俺はユキさんから異世界人がいるらしいと情報を聞いた。

しかし、銃ね。

こういうのは十中八九、日本からだという、ユキさんの意見に賛成だ。

はあ、話が通じる人だといいな。

俺みたいなクソな目に遭ってないといいな……。

「どうかしましたか。タイキ様？」

「あ。分かっちゃった？」

「ええ。タイキさんの剣に曇りが見えました」

……えーと、なんでソエルさんがいるのかね。

俺がその視線を向けたのが分かったのか、アイリとソエルさんが仲良く手を繋ぐ。

「お友達ですから」

にこやかに告げる。

……やべー。俺も何か逃げ場なくなってない？

いや、まずは精神を落ち着けよう。

じいちゃんから教わった、薩摩の示現流。

技らしいものはまだ一つもできないし、得物も剣だからな。

でも、刀の訓練は欠かさない。

だって刀はユキさんが用意してくれているし、いつか家に戻っても、腕がなまってたら怒られるからな。

そう考えて、とりあえず素振りを再開するのであった。

第301掘：飛龍隊

side：スティーブ

「ブリット、状況どうなっているっす」

『準備は半分と言ったところです』

「もっと急がせるっす。大将たちが偵察に出る前に、高高度偵察を行うっす。アスリン姫たちを危険に晒《さら》すわけにはいかないっすよ‼」

『分かってますって』

そう言って連絡が切れる。

おいらは、執務室でイライラしている。

こっちは書類の決裁は終わって、さっさと出撃する準備は終わっている。

大将の話だと、敵には銃を使う物騒な連中がいるらしいっす。

そんな危険地帯にドッペルとはいえ、アスリン姫たちが行って、万が一銃弾なんて浴びたらぞっとするっす。

そんなことは許されざる。

あ、大将とかその嫁さんたちはどうでもいいっす。

そのぐらいのことはどうにでもするし、対処しているだろうから。

大事なのは、アスリン姫たちに怖い思いをさせないことっす。

ということで、銃器とか物騒なものを使う敵は、さっさと偵察して、イケそうならおいらたちで殲滅《せんめつ》するっす。

情報収集を兼ねているっすから、何も問題ないっす。

「しかしよ、スティーブ。何で大将は実力行使ができそうなら、敵を撃退していいなんて言ったんだろうな？」

横で待機しているジョンはキュウリをかじりながら不思議そうに言う。

そう、ジョンの言う通り、情報収集の結果、おいらたちの偵察戦力で撃退できそうならそのまま攻撃に転じていいと、許可と命令が出ているっす。

「なにを言っているっすか。アスリン姫を危ない目に遭わせないためっすよ」

「いや、それは分かるが。動かすのは飛龍隊だろ？」

「そうっすよ。アスリン姫が全員名前を付けた、高速、高高度飛行可能な、ジェット戦闘機までの速度はないっすけど、ゼロ戦ぐらいには動けるように装備品でフォローしている虎の子部隊っすよ」

時速約500キロ、この世界で間違いなく最速に近い。

まあ、航行距離速度の話であって、戦闘速度は大将たちの方が上っすけどね。

あ、おいらたちもだけど。

無論、ゼロ戦の最大の弱点、降下性能と装甲もばっちり。

ゼロ戦ができた当時は最強の名を冠する戦闘機として君臨していた。

だが、そのゼロ戦にも弱点が存在していたっす。

言った通り、降下性能と対弾性能、装甲である。

当時の連合側には〝ゼロファイター〟、つまりゼロ戦と出会った時は戦闘せず逃げろと言われたほどに、性能に差があった。

諸説あるが、ゼロ戦1に対し、連合側は5を用意して対等などという話もある。

さて、性能に差があるのであれば、逃げ切れるわけもないのだが、言ったように降下性能と対弾性能が良くなかったため、降下すれば何とか逃げられたのだ。

その原因だが、まず最高速度と運動性能を出すため、徹底した軽量化が図られた。

その結果、高速での降下性能が著しく低下し、対弾性能も極端に低下したっす。

降下はヘタすると空中分解をし、装甲は弾の一発でももらえば貫通して、パイロットにダメージがくる薄さだったらしいっす。

まあ、難しい内容っすけど、大将曰《いわ》く、二次大戦最強の戦闘機だぜ‼ってことらしいっす。

単純な答えでありがたいっす。

いや、飛龍っすけどね。

大将的には、完璧《かんぺき》なゼロ戦が飛龍隊って感じなんでしょうが。

「だからだよ。虎の子を出すのはまあいいけどさ。飛龍はワイバーンよりも2つ上ぐらいの上位種だぞ。ワイバーンで騒いでいるのに、あの新大陸で飛龍なんか見たら大騒ぎじゃね？　そうなると色々とまずくないか？　その飛龍に対して連合が組まれたりするかもしれないじゃん？　だって、敵を攻撃するんだから、どう考えてもアグウストやヒフィーの軍には見られるんだしよ」

「ああ、そっちのことっすね。大丈夫っすよ」

「大丈夫なのか？」

「大将がそんなことを考えていないわけないじゃないっすか」

大々的に手出ししていいなんて大将が言うんだから、フォローがないわけがない。

もう、これでもかってぐらい、納得の答えだったっす。

「大将の考えでは……」

以下、当時の回想っす。

「ええ！　飛龍隊を出すんすか!?」

『ああ、それで頼む』

「えーっと、それは新大陸の常識からぶっ飛んでる気がするっすけど。鷲《わし》とか鳥の偵察隊でいいんじゃないっすか？」

『偵察だけならな。銃を使っているから、下手すると、こっちの偵察を察知される可能性がある。鳥だと、攻撃されてやられかねない。かといって怪鳥、魔物タイプの鳥を送り込むのも問題だ』

「いや、なんでっすか？　銃を使っているとなんで偵察が察知されるんすか？　怪鳥の魔物タイプの何が問題っすか？」

鳥タイプの怪鳥なら、銃撃でも十分耐えられる魔力障壁が張れるっすよ？

偵察も十分できるし、攻撃力も飛龍ほどではないとはいえ、しっかり強い。

『銃があるってことは、もうこの世界の戦闘スタイルとは隔絶しているっていうのは分かるな？』

「そりゃ、隊伍組んで突撃ーなんてのは的にしかならないっすからね。銃の前には」

『その銃を、超射程の武器を有用に使うためには、何が大事か分かるな？』

「敵の位置の把握、情報っすか？」

『そうだ。そのために、こっちもダンジョン化やスキルでの気配察知や魔力察知で、敵の動きを把握できているようにしている』

「……敵も索敵に力を入れている可能性があるってことっすか？」

『そういうことだ。そして、戦力を出し惜しみしているのは俺たちだけではない可能性も高い。

相手が手の内を全部出して攻めてきていると思えるか？』

「いや、それはあり得ないっすね。手の内を全部晒すなんてことは自殺志願レベルっすし」

『だろう。まあ、航空戦力という単位が存在するとは思えないけどな』

「なんでっすか？」

『軍や隊単位の戦力が揃っているなら、すでに空中から攻めてきた、って話があるはずだ』

「ああ、そりゃそうっすね。つまり、ポープリさんみたいに個々で飛べる奴はいるかもしれないってことっすね？」

『ああ。そのレベルの手札が紛れていた場合。こっちの手がばれて、情報も収集できない可能性がある。そのために飛龍隊を使う。そして、お前やジョンに出撃命令を出しているんだ。だから、新大陸で公開しても言い訳が立つ最高戦力、飛龍隊を選んだってわけだ』

「で、どこが飛龍隊は大丈夫って言い訳になるっすか？　どう考えても、新大陸の状況から考えれば、大怪獣来襲レベルっすよ？　まあ、グラウンド・ゼロレベルではないっすけど」

アルフィンとグラドは現在、ウィードの学校で仲良くやっている。

呼び捨てにしたのは、おいらがよく面倒を見ていて、さん付けすると悲しそうにされるから。でも、おいらは紳士なので、やましいことは考えていないっす。

だって、ちょんぎられるから。

『そうだな。言い訳にできるというか、都合がいいって言った方がいいかな？』

『ああ。そうだなー。大まかに3つぐらい都合がいい理由がある』

「3つもっすか」

『まず1つ目。飛龍とワイバーン。どっちが上とか下とか、新大陸の人は分からない』

「そりゃそうでしょうよ」

『だから、アマンダの配下ということにできる。都合がいいことに竜騎士だからな。ワイちゃんが飛龍の長ということで、主の未曽有の危機に際して部下を呼び寄せたことにできる』

「それは、アマンダさんは恐縮しまくって、ワイちゃんは立場上、上位の飛龍隊に命令を出す立場になって胃がぶっ壊れそうっすね」

ワイちゃんは飛龍隊で散々しぼられたから、上下関係はしっかりトラウマになっている。

まあ、命令には飛龍隊も納得するだろうし、いじめなんてのはないが、ワイちゃんはアマンダさん以上に、胃が痛いでしょうな……。

とりあえず1つ目の理由は分かった。

『で、2つ目。竜騎士アマンダの配下と認められなかった場合は、それこそ自由に暴れまわってさっさとヒフィーを落とせるなら落とす。その後、対飛龍の連合が組まれるならそれでいい。そうなれば戦争なんて起こりようもないからな。いつ飛龍の群れが来るか分からないし』

「……そうでしょうよ」

それは本当に戦争している場合じゃないでしょうからねー。

あっちは飛龍隊がおいらたちの配下なんて知らないし、飛龍が表舞台に立つことはもう二度とないっすし。

結果万々歳ってところっすか。

『最後に3つ目。これが一番の狙いだな。飛龍隊を投入して、経験を積ませる。本物の実戦、戦場は初めてだ。俺たち自身も知るスペックはただのデータでしかない』

「そういうことっすね。確かに訓練だけしかしてないっすからね。出してもいい戦場があるなら、出撃させて経験を積ませるのが最上っすね」

『その通りだ。この偵察と、状況によれば交戦の可能性もある。今までの成果を問われることになるんだ。餌にするつもりなんてないが、アスリンたちを守るためと言えば、飛龍隊の士気は上がるだろう？』

「そら、おいらたちも上がりますから。アスリン姫直下の飛龍隊なんて意気込み凄《すご》いっすよ」

『だから、モチベーションも上がっているし、総合評価や経験を積ませることも考えて、今取り得る最高の選択だと思ったわけだ。そして、万が一、飛龍隊が損害を出すような相手であれば……』

「こちらも、戦力を隠してやる必要はないわけっすね？　いや、その余裕がないっすね」

『ああ。そのレベルの戦力を有している場合、大陸に存在する国では対処できないし、俺たちにも色々な意味で甚大な被害を被る可能性が高い。よって、その場合はウィードの投入可能な戦力をかき集めて殲滅する。それで無理な場合は撤退だ。だからその見極めも兼ねて、スティーブとジョンがしっかり敵の戦力評価を行え』
「分かったっす」

「以上、回想終了っすね」

おいらが言い終わると、ジョンがなんかふてくされた、というか呆れた様子で、ちびちびとキュウリをかじっている。

「なんというか、いや、納得はできる。しかし、相変わらず容赦《ようしゃ》ないというか、隙がないというか……」

その気持ちは分かるっす。

相も変わらず、えげつない作戦っす。

「本当に状況と、こっちの都合も合わせて色々考えるな……」

「それが大将っすからね。昔からそうだったじゃないっすか」

「まあな。でもよ。飛龍隊の装備は知ってるだろ？」

おいらはジョンにそう言われて、目を机に向ける。

そこには都合がいいのか悪いか、ちょうど、飛龍隊の装備の指示書がある。

それは……。

「装備5型。偵察、対空、対地、通信、補給、この5つを揃えた、完全武装だぞ？」

そう、ジョンが言う通り、装備5型。

これは、どんな状況にも対応できるように、装備を整えた飛龍隊、長期戦も考えられた完全武装である。

といっても、1匹の飛龍に全部を装備させるわけではない。

中隊、つまり10騎編隊で、1騎を隊長とし、1騎を偵察装備、3騎を飛龍専用の対空装備バルカンなどの近代兵器を装備、3騎を飛龍用の爆弾などの対地装備、1騎を電魔通信装備をして連絡する通信装備、最後の1騎を武器弾薬、食料の運搬補給を行う補給装備としている。

「火炎とかを使うことを最初から放棄《ほうき》しているんだが……いいのか？　近代武器持ち出して」

「それで敵さんが慌てて引き返すほど戦力差を理解できる頭があるなら、交渉は楽っしょ？」

「ああ……本当に容赦ないな。で、その中隊が5つ出撃だろ？」

「そうっすよ。ついでに遊撃隊としてさらに攻撃特化した、対空、対地、対人装備隊が3騎ずつ出るっすね」

「さらに、おれたちが乗る飛龍が2騎。総勢61騎。なに？　ヒフィー神聖国潰すつもりか？」

「だから、その戦力差が理解できるなら、話し合いに持ち込めるって言ったじゃないっすか」

「……そうだった。あまりの過剰戦力に殲滅《せんめつ》するというイメージで、さっきの話押しつぶしてたわ」

うん。その気持ちはよく分かる。

が、手を抜いていい相手でもないということっす。

大将も、おそらく自分と同じ世界の出身の可能性が高いって言っているっすから。

ヘタすると、武装は劣っていても、大将以上の切れ者の可能性があって油断できないっす。

だから、一気に決着をつけるような指示を出したと思うっす。

そんなことを話していると、ブリットからようやく待ち望んだ言葉が届く。

『隊長、出撃準備整いました』

「了解、今から行くっす」

「うっし。行くか」

おいらたちは、アグウスト近郊の森の下に作られた、即席の出撃ゲートに赴いた。

そこには、飛龍たちが各部隊ごとに整列して待っている。

彼らの知能は普通に高く、人の言葉も理解でき、しっかり喋れる。

そして何より、アスリン姫たちを大事にしている。

全員が、今回の作戦を知らされており、表情にはヤル気がみなぎっている。

「諸君。状況は把握していると思う。事態は一刻を争う。しかし、それで焦《あせ》ってミスをしたのではアスリン姫の危険に繋がる。なので、落ち着いてもう一度作戦の概要を聞いて欲しい」

そう言って、ジョンが前に出て、モニターで今回の作戦概要を伝える。

飛龍たちも真剣に話を聞いている。

そして、その話も終わり、いよいよ出撃になる前の最大のイベントが始まる。

「これより出撃に入るが、その前に、各自のコールサインを発表する」

そう、戦闘時における呼び名。

呼び名を付けることで、敵に個人情報を隠し、暗殺などを防ぐ。

いや、暗殺されねーじゃんとか言わない。

いつ、どこから飛龍を倒せる奴が出ないとも限らない。

「まずは、遊撃隊のコールサインを黄色中隊とする」

ザワッ……。

飛龍たちがそのコールサインに驚いている。

まあ、元ネタは某ゲームなのだが、大将は偉大な空を制した者と言っているので、飛龍隊には神聖な名前として認識されている。

「次に第一をガルム中隊、第二をウォードック中隊、第三中隊をスカーフェイス中隊、第四をグリフィス中隊、第五をガルーダ中隊とする。各自、コールサインに恥じない、冷静な、それでいて確実な任務遂行を期待する‼」

ギャース‼

飛龍たちの雄たけびが響き渡る。

ヤル気度はここに来て完全にMAXだ。

「そして、おいらのコールサインはメビウス。まあ名前に負けないように頑張るっすよ」

……完全に名前負けしてると思う。

というか、あの化け物の戦力評価に勝てる気がしない。

さて、オチはジョンに任せよう。

「最後に、ジョンのコールサインはオメガだ」

「うぉい‼」

オメガ、それは伝説のベイルアウターの名前だ。

ベイルアウト、それは戦闘機などに搭載されている、緊急脱出装置を使っての離脱である。

まあ、被撃墜ということだが、これは侮蔑ではない。

ちゃんと生きて戻ってくる漢のコールサインである。

……本当だよ？

「全騎、出撃開始‼」

「おい、こら‼」

さあ、お仕事お仕事。

……飛龍たちが悲しい目で、ジョンを見ていたのは言うまでもない。

第302掘：予想外

side：ジョン

まったく、ふざけたコールサインをつけやがって。

いや、オメガさんが悪いわけじゃないですよ？

こう、いや、戦闘に赴くのに縁起が悪いというか……。

これは絶対、ユキの旦那の仕業だな。

俺を最後のオチに使いやがったな。

あとで文句を言ってやろう。

『通信指令室より各騎。高度10000フィート以上を保ち、雲に隠れて進んでください』

ミリーの姐さんからの通信が入る。

『メビウスより各騎。聞いたっすね。高度10000フィート以上を保て。幸いに今日は低い雲が出ている。それに合わせるっす』

『『『了解』』』

まあ、本当に文句は後だ。

現在、すでに出撃していて、航行高度まで急上昇中だ。

ほとんど、垂直で空に上がっていく。

戦闘機などでは不可能な高度の上げ方だ。

10000フィート。約3000m。

日本で言ったら、富士山ぐらいしかぶつかる山がないな。

確か、近場の山もせいぜい高くて2000m級がほとんどだ。

いや、ほぼ草原なんだけどな。

5000m級は学府の近くの山脈だけで、学府はその高い山に囲まれた窪地に存在している。

山々に囲まれているため侵入ルートが絞《しぼ》られ、侵攻するのが割に合わないというのも、学府が単独で存在している理由でもある。

逆もまた然りで、その山脈から出るのも一苦労なので、学府の他国への侵攻もあまり心配されていない。

そして、その山々は強力な魔物の生息区域でもあり、文字通り天然の要塞なのだ。

『全騎の10000フィートへの到達を確認。編隊組むっすよ』

『『了解』』

そんなことを考えているうちに、中隊ごとに編隊を組んで、さらにスティーブと俺……メビウスとオメガを先頭に編隊を組む。

ここら辺はさんざん練習したから、問題ないな。

見た感じ、先ほどのヤル気もそがれていない。

士気には問題はないようだな。

『通信指令室より各騎。速度350キロ、方位280を維持《いじ》。目標地点までおよそ2時間です』

『メビウス了解。各騎。速度350キロ、方位280を維持。全力を出して息切れするなっすよ。補助ブースターを使って体力を温存するっす』

『『了解』』

補助ブースターはエンチャント技術を応用した、魔力貯蓄と滞空機能を持った装備品である。

これにより、翼を羽ばたかせたり、飛龍自体の体力、魔力の消費を抑え、航続距離を延ばす効果がある。

この補助ブースターは任意の切り替えで魔力を貯蓄できるので、交戦時の時はオフにして魔力を貯め、空域を離脱する時にはその貯蓄で爆発的に魔力を流して滞空機能を全開にし、高速離脱を可能にする。

飛龍での実験を重ね、最近ではゼロ戦に装備して垂直離陸と空中発進の実験を行っている。

今後、滑走路が必要ないジェット戦闘機群ができるかもしれないと大将が喜んでいた。

まあ、予算が下りるとは思えないけどな。

だって、費用が戦車M1の10倍以上だしな。機体だけで……。

『通信指令室より、メビウス、オメガへの通信です。聞こえていますか？』

ん？

個人通信ってことは、何か俺たちへの連絡か？

「こちらメビウス。聞こえているっす」

『こちらオメガ。通信良好」

『よかった。今のところ通信は無事のようですね』

『どういうことっすか？』

スティーブの言う通り、不思議な言い回しだ。

通信に問題があるかのような言い方だ。

『原因は不明ですが、こちら側には多少ノイズが走っています。おそらくは磁気や雲の影響だと、ユキさんやナールジアさん、ザーギスは判断しています。最悪、電通信は使えなくなることを想定してください。隊への通達判断は任せるとユキさんからの指示です』

ああ、不測の事態でどこまで対応できるかってことか……。

「どうする？」

『通達するっす。最悪の事態を考えるなら、通信不良で混乱しているところを叩かれ、任務を遂行できない可能性があるっす。それは避けなくてはいけないっす』

『了解しました。ユキさんにはそのように伝えておきます。あと、予定通り、中隊を1つか2

つほど超低高度で、敵の目視と情報収集を頼みたいそうです』

『うぃっす。そちらは予定通り、目標15分前に分かれるっす』

ま、スティーブの意見に賛成だな。

わざわざ混乱するように仕向けたくはない。

電通信の障害を前提に魔通信をメインにするように言うべきか？

……スティーブの判断だし、俺が考えることじゃないか。

俺が注意するべきことは、超低空飛行での敵の偵察行動だな。

この部隊の指揮は俺がやるからな。

スティーブ、いや、メビウス率いる中隊4つが、上空から。

俺、オメガ率いる中隊2つが、低空より。

どっちかが囮《おとり》になり敵の目を引いて、もう片方が落ち着いて監視して情報収集する予定だ。

で、超低空を行く俺たちの方が、敵の目につきやすいので、銃を使った攻撃にさらされる可能性が高い。

なので、俺についてくる部隊は機動性が高いガルーダ、グリフィスが付いている。

スティーブの方は、総合的な能力がある、黄色、ガルム、ウォードッグ、スカーフェイスが付いている。

さて、どっちが厄くじを引くかね。

『メビウスより各騎に通達。通信指令室より、電通信に障害ありと報告が来ている。最悪、電通信が使用不可になる可能性を考慮しておくっす。魔通信をメインに考えつつ、全通信不能を想定してモールス信号を使った光を出すから、無線と各隊の通信騎からの連絡に注意しておくっす』

『『了解』』

各騎に通信不能の可能性も伝えた。

特に慌てた様子もないな。

まあ、訓練で全通信不能状態もみっちりやりこんでいるので問題はないと思う。

『無線傍受を考えて、指定10chを回して通信を行うっす。各隊の通信騎。異常を見つけたらすぐに報告するっす』

『『了解』』

無線傍受ねー。

そこまでできる相手だとは思えないけど、されていたらとんでもないからな。

とりあえず、今のところは普通の航行だ。

「オメガより、通信指令室へ。大将たち『スカイアイ』はどうなっている?」

『ユキさんたち、スカイアイもすでにビクセンさんと部下2名を乗せて、兵舎を飛び立っています。航行速度は時速200キロ。高度は600フィートを維持』

「やたらと遅いし低いな。当初の予定じゃ時速300キロの1000フィートじゃなかったか？」

『アグウスト軍への竜騎士周知行動ということで、大きめのアグウスト軍旗を持って航行しているせいです』

「なんとまあ……」

まあ、そうすれば間違っても攻撃されることはないか。

いきなり、上空からドラゴンが急降下してくるよりは驚きは低いだろう。

だが、その分……。

『その分、スカイアイへの攻撃が集中する可能性が高まります。索敵、偵察は念入りに行ってください』

「オメガより、各隊、各騎へ。聞いての通りだ。プリンセスに怖い思いをさせるなよ」

『『『了解‼』』』

気合いの入った返事だこと。

幸いなのは、草原地帯ばかりってことだな。

森があったら厄介だった。

『もうすぐ第一目標地点です。作戦行動準備を整えてください』

『各隊へ、予定通り作戦を開始する』

『『了解』』

さあ、俺たちは地面へか……。

『オメガ、後で会おう』

「ああ、了解。低高度への移動を開始する。各隊ついてこい」

スティーブに返事を返して、俺は2個中隊を率いて降下を開始する。

「全騎。警戒を厳にしろ。いつ攻撃が来てもおかしくないぞ。通信2騎。通信状態の監視を怠《おこた》るな。偵察2騎の護衛は周りがしてくれる。落ち着いてゆっくり探せ。慌てて見逃したらプリンセスの危険に繋がる。いいな？」

『『了解』』

雲を突き抜け、そのまま急降下で地面すれすれまで降下する。

「全騎。現在の高度を維持。速度を100まで落とせ。索敵、偵察、どうだ？」

『目標地点に敵を確認できず』

『こちらも確認できません』

「通信騎、メビウスからの情報は？　通信生きているか？」

『……通信、問題ありません。メビウスからの情報でも、目標地点に友軍、敵影確認できずと』

ここには敵は来ていなかったか。

友軍もいないとすると、撤退もまだか。

最悪の侵攻速度ではなかったようだな。

『メビウスより通達。低空偵察隊は高度を維持し、速度３００で、そのまま目標地点まで航行せよ』

「了解した。各隊。現状の高度を維持して。速度を３００で第二目標地点へと向かう。偵察、通信だけでなく、他の騎も周りに注意を払え。いつ攻撃が来てもおかしくないぞ」

注意をしながら、そのまま低高度で第二目標地点へと進む。

しかし、第二目標地点に着いても敵影どころか、後送するアグウスト軍も見当たらない。

「どういうことだ？」

『さあ、さすがに負傷兵の後送すらないのは変っすね……。可能性としては、敵がそこまで凄くなくて、防衛に成功している。だから、後送と言っても城の中で済む、ぐらいっすかね』

「まあ、理屈は合うな。それだと、敵は城を攻めあぐねているってことか」

『そうっすね。とりあえず、ミリーの姐さんに報告をしておくっす』

「ああ、任せた」

さすがに今回は大将の気にしすぎかね？

別の意味で予想外だわ。

『うっし。報告終了。現状を維持して、最後の目標地点へと向かうっす。ここでは、どう考えても敵とぶつかるっす。全騎、厳戒態勢で臨むっす。間違ってもアグスト軍に手を出すなっすよ。後で来るアマンダさんに全部押し付けられるようにするっす』

『『了解』』

ああ、可哀想《かわいそう》に、どんな説明をするのやら。

そのまま素敵と偵察をしながら、最後の目標地点に近づき、城というか砦が見え……。

タタタタッ……。

そんな銃声が聞こえる。

間違いなく銃声だ。

「こちらオメガ。銃声を聞いた」

『こちらメビウス。こっちも銃声を聞いたっす。マジで銃が配備……』

ドーンッ‼

スティーブの通信はその爆発音によって、さえぎられる。

城に煙《けむり》が上がっている。

おそらく、何かが起こったのだろう。

「こちらからは、砦が邪魔で確認できない。メビウス、そっちはどうだ？」

『……こちらメビウス。おそらく大砲の類《たぐい》だと思われるっす』

「大砲⁉」

『そうっす。思った以上に敵の装備が良いっす。銃も火縄銃とかじゃなくて、ちゃんと薬莢《やっきょう》で撃ち出すタイプの銃に見えるっす』

「まじか……」

そこまでの銃を作ったのか？

いや、なにはともあれ、詳しい情報収集と、攻撃するかどうかを判断しないとな。

「とりあえず、どうするんだ？　一当てするだけか、殲滅するか？」

『……それがおかしいっす。敵さん、こっちの姿を目視した途端、撤退準備に取り掛かってるみたいっす』

「は？」

そういえば、銃声が聞こえなくなっている。

何で急に……。

『敵陣の中から、数人が空中へ飛翔‼　メビウス騎の編隊へ向かっていきます‼』

『全騎、迎撃《げいげき》用意‼　下の偵察はオメガたちに任せるっす‼』

俺たちからも、人と思しきものが飛翔したのが確認してとれた。

真っ直ぐに飛んでいる。

見間違いでなければ女だと思う。

まあ、詳しいことはスティーブたちが調べるだろう。

こっちは、下の敵を相手にしますかね……。

『オメガより各騎。飛翔できる敵がまだいないとも限らない。メビウスたちの方へ行ったのが反転してくる可能性もある。十分注意して情報を集めつつ、できるなら敵を殲滅しろ』

『『了解』』

そして、俺たちは砦の上を通過する。

砦の中の兵士たちは唖然とした様子でこちらを見ているだけで、弓などで攻撃をしてくる者はいなかった。

残念ながら、王様らしき人物はパッと見て確認できない。

まあ、あとでゆっくりと探せばいいか。

タタタタッ……。

『敵、こちらに向かって発砲を確認‼』

まずは目の前の敵を何とかしないとな。

さすがにまずいと思ったのか、撤退準備をしつつこちらに発砲してくるが……。

チュイン‼

そんな音を立てて、弾かれる。

……ふう。敵の歩兵が持つ銃弾はこちらの魔力障壁、飛龍の装甲を抜けないようだな。

「各隊。被害報告‼」

『ガルーダ隊被弾なし、問題ありません‼』

『グリフィス隊、グリフィス3が被弾しましたが被害なし。作戦遂行に問題なし‼』

「よし、全騎、大砲を最優先目標。第二目標を敵銃器歩兵。行くぞ‼」

『『『了解‼』』』

しかし、突撃を開始した途端、色んな魔術が歩兵から飛んでくる。

だが、銃弾ほど早くはないので、悠々と躱していく。

これが、魔剣か。

銃のせいですっかり忘れていたが、かなり多種多様だな。

炎から水、果ては氷まである。

まあ、その程度では飛龍は止められないので、堂々と撤退中のど真ん中に数騎突っ込み、それを陽動にして、大砲を使用できないように大砲そのものをぶっ壊したり周りの敵を殲滅している。

無論、全騎が敵陣に突っ込むわけではない。

俺と、偵察、通信、補給、それに対空警戒を行う2騎。

それらが、敵を空からしっかり監視をしている。

もう、敵はパニックになって、四散しながら逃げている状態だ。

とりあえず、地表はどうにかなりそう……。

『敵の中から、飛翔を確認‼』

「こっちも確認した。やっぱり残ってやがったか」

こちらに飛んできているのは、金髪の女性だ。

たぶん美人にはなるんだろうが、敵同士なので、甘い感情は湧《わ》かない。

杖を持っているな。

銃でも、魔剣でもなく、本当に杖だ。

過剰な装飾が施《ほどこ》されている。

『どうしますか？』

「捕縛だ。どう考えても敵の指揮官クラスだからな。なるべく無傷で捕らえるぞ」

『了解』

情報が少しでも欲しい。

スティーブたちもまだ空中戦をやっているってことは、情報を集めているのだろう。

撃墜報告は届いていないし、なんとか無傷に近い状態で捕縛したいんだろうな。

しかし、目の前まで飛んできた金髪の女性はこちらを見つめるだけで、攻撃をしてこない。

「……飛龍を従えるオークなど見たことがない」

そんなことを呟《つぶや》いた。

いや、まあ、見たことないでしょうね。

野生なら、俺みたいなオークは餌ですから。

「戦力差は理解しただろう。そちらに勝ち目はない。投降しろ。悪いようにはしない」

「……喋った」

……ごめんね。

喋ってごめんね‼

「戦力差は理解している」

「なら」

「だが、投降するわけにはいかない」

ですよねー。

ここまでやっといて、負けそうになったら投降するぐらいなら、最初から喧嘩吹っかけてないよな。

そして、彼女は杖を構えて……。

ズガガガ……‼

雷の嵐を杖から、地面にいいいいいいいいい、いる自分の軍に向けて放ち始めた。

「は⁉」

意味が分からん⁉

他の飛龍たちも困惑している。

地面にいる飛龍たちも雷が直撃しているが、この程度ではどうにもならない。

しかし、ヒフィー軍はそうもいかない。

文字通り、感電して、黒こげになってばたばたと倒れていく。

止めるか？

どうやって？

大将の十八番の魔力封じか？

使えないことはない。でも、使えば相手は空中から地面に真っ逆さま。

ヘタすれば、俺たちも魔力封じに巻き込まれて、落下する可能性もある。

……空中戦用の魔力封じの改良を頼まないと、今は使えんな。

「各騎。彼女を止めろ‼」

『『了解』』

状況から考えて、おそらく口封じだ。

捕虜《ほりょ》を取らせる気がない。

それで、味方を皆殺しにかかるなんて普通はしないけどな‼

そんなことを考えている間に、命令を出した飛龍たちが彼女に群がる。

ズドン‼

そんな轟音がして、1騎の飛龍がこちらまで吹き飛んできて、くるっと、その場で回転して体勢を立て直す。

「大丈夫か」

「はい。しかし、一瞬意識が飛びかけました。凄い雷撃魔術です」

おいおい、飛龍の防御を抜くレベルの魔術が使えるのか。

「……私でも無理か。まあいい。予定通りではある」

彼女はそう呟く。

飛龍たちはさっきの一撃を気にして、距離を取っているおかげでこちらまで声が聞こえた。

予定通り？　どういうことだ？

「……そこのオーク、覚えておく。お前が私たちにとっての最大の脅威と認定する」

「そりゃどうも。で、逃がすと思ったか？」

ま、話は捕まえてからゆっくり聞けばいいか。

「⁉」

彼女の表情は驚きに満ちていた。

そりゃそうだ。

彼女の握っていた杖が腕ごと落下したのだから。

そして、それを行ったのが、俺なのだから。

オークが飛翔の魔術を高速で使いこなし、剣を振って腕を落としてくるとは思いもしなかっただろう。

もう、敵の無傷なんて考えている状況じゃないな。

敵はヘタをすると、こっちと均衡するほど力がある可能性が出てきた。

「……状況は極めて不利。撤退の場合の作戦遂行率40％ほど……分かった。この場を放棄する」

1人でぶつぶつ何を……。

『電波に乱れあり』

その言葉を聞いてピンと来た。

やばい、あいつ誰かと通信している!?

その事態に気が付いて捕まえようとするが、次の瞬間魔法陣が展開されて彼女は消えていた。

「転移陣に見えたな」

『はい。こちらもそのように見えました』

「録画は？」

『できています』

逃がしたことは今となっては仕方ない。

まずはこの状況や、情報連絡をしないとな。

『おーい、オメガ。そっちはどうだ。こっちはあらかた片付いたっすよ。無事捕獲もできたし』

　スティーブの方は転移して逃げる奴はいないか。

　やっぱりあの金髪の女が指揮官だったか。

『あ、メビウス。敵の電通信傍受の可能性が非常に高い。電通信はやめとけ』

『マジっすか。了解。各騎。魔通信に切り替えを』

『『了解』』

　しかし、この有様。

　アマンダ嬢ちゃんにはトラウマだろうな……。

　死屍累々だからな、文字通り。

『メビウスより、通信指令室へ。敵軍の壊滅を確認。戦闘は終了した。繰り返す。戦闘は終了した』

『こちら通信指令室。スカイアイの到着まであと1時間半です。それまでは現場の記録と物資の回収をお願いします』

『アグウスト軍が出てきた場合は？』

『必要な現場記録と物資回収ができれば、ほかはアグウスト軍に譲って大丈夫です。敵対はしたくありませんので』

『了解。今のおいらたちじゃ、味方って証明する方法もないっすからね……。ああ、アマンダさん。さっさと来てくれっす』

さて、俺もまだまだお仕事かねー。

俺も現場記録と物資の回収を第一に、あの女指揮官から斬り落とした腕と杖を回収する。

「ん？」

最初は自分の疑問に、違和感に気が付かなかった。

何だろう？

この腕と杖、何かがおかしい。

綺麗に切れているし、断面も綺麗に見えて俺の剣技の上手さが証明されている。

いや、銃の方が楽なんだけどな。

こんなこと言うと、大将がファンタジーのくせにって怒るんだよな。

「……断面が綺麗に見える？　そんな馬鹿な」

そう、腕を切ったのだから、断面が綺麗に見えるわけがない。

血に濡れて、断面なんかそうそう見えないはずだ。

……こりゃ、本当に厄介なことになりそうだ。

第303掘：な、なんだってー⁉

side：ユキ

「此度《こたび》の救援、まことに感謝する。さすが、伝説の竜騎士だ‼」

アグウスト8世がそう言って、アマンダを称える。

その声に合わせて周りの兵士からは……。

「「「国王陛下、万歳‼　竜騎士様、万歳‼」」」

そんな歓喜の声が砦に鳴り響いている。

その中に紛れて、布をかぶせられて、物言わぬ骸になった者も一緒に参列している。

横には生きている兵士が、骸に今を聞かせるために座っている。

「皆、よく、よくぞ今の今まで踏ん張ってくれた‼　そなたたちは私の誇《ほこ》りだ‼　我がアグウストの宝である‼　だが、今はいったん喜びを抑え、私たちと共に戦い、散って行った友の冥福を祈ろう」

その言葉で、全員が沈黙《ちんもく》し、祈る。

そして、しばし後、国王の命令の下、戦場の片付けが行われる。

そう、今回のヒフィー神聖国からの侵攻は退けることに成功した。

不思議なことに、アグウスト軍の損害は４００名ほどで済んでいた。

敵が銃や大砲を有していたのにもかかわらずだ。

まあ、それでも２０００名が守備に残り、４００名が落命したのだから、5分の1もの数がいなくなったことになる。

これは、甚大な被害と言っていいだろう。

敵方は１０００人どころか、５００人くらいだったみたいだしな。

味方の被害４００名のうち３００名は、敵の数が少ないと思い、攻撃を仕掛けた部隊が返り討ちに合ったという話だ。

その時の攻撃人数は１０００人。

約倍の数で挑んだが、近づく前に撤退を余儀なくされている。

つまり、銃の精度と飛距離が、弓よりも高く長いということになる。

そして、こちらよりも少数で、多くの敵を蹴《け》散らせるのだから、それなりの連射ができるということだ。

どこかの魔王様よろしく、三段撃ちとかもあり得るけどな。

そして、一番の問題は飛翔できるほどの魔術師が、敵方に複数人確認できたということだ。

しかも、その中には単独で魔剣使いを圧倒できるレベルの者もいる。

転移で逃げたとはいえ、ジョンが捕縛し損ねたぐらいだから、相当だろう。

さらに、電通信を使用している可能性が非常に高いと来たもんだ。

……飛龍隊にはすでに帰投してもらっているし、持ち帰った情報や記録を分析しないとな。

だが、ここまで戦力を有していて、なんで砦を攻め落とさなかった？

大砲もあるみたいだし、アグウストの技術力で作られた砦を攻略するのは簡単だろう。

人数が少ないから、敵が出てくるのを待っていた？

いや、その場合、アグウストの援軍が来るわけだから、さらに兵力差ができて最後には押し潰される可能性があるか。

でも、敵も援軍が来る予定もあり得たか？

そもそも、なんでそんな小戦力で大国の国境を脅かした？

……いったん、落ち着こう。

可能性を1つに絞るのではなく、いつもの通り、考え得るすべての可能性を考慮するべきだ。

「ユキさん。大丈夫ですか？」

そんなことを考えていると、リーアが声をかけてくる。

心配そうな顔だ。そこまで深刻な顔をしていたか？

「大丈夫。ただ、敵の意図がさっぱり分からなくて考えていただけ」

「そういうことですか」

「あれ？　ジェシカ分かるの？」

「いえ。ユキが悩んでた理由が分かっただけです」

「ああ、なるほど」

「どうせ、アマンダは王様との会話に忙しい。連れて帰るにしても、砦の引き継ぎとかあるだろうから、すぐというわけでもないし、話せるメンバーで考えてみるか」

「そうですわね。皆さんを呼んできますわ」

「ん。私も呼んでくる」

そう言って、サマンサとクリーナが俺から離れて皆を呼びに行く。

ルルアとラッツは負傷兵の治療。

エリスはアマンダとエオイドの付き添いなので呼び戻すのは無理だろう。

アスリン、フィーリア、ラビリス、シェーラはワイちゃんと一緒にいて、安全だとアピールしている。

ワイちゃんの傍《そば》にいるから、子供だからと変なちょっかいを出されたりはしないだろう。

「お待たせしました」

「はいはい、呼ばれて飛んできましたよ」

サマンサとクリーナがルルアとラッツを連れて戻ってきた。

思ったよりも早かったな。

「ルルア様とラッツさんのおかげで、負傷兵の数はずいぶん減りましたわ」

「その通り。あとは自力で養生してもらう。あ、エリス師匠はアマンダと一緒に王様と話しているから連れてこられなかった」

やっぱり、エリスは無理だったか。

いや、逆にアマンダとエオイドを残してこっちに来られても困るけどな。

「本来であれば、完全に治癒することも可能なのですが……」

「まあ、気持ちは分からないでもないですが、そういうわけにもいきませんよ。本来他国の争いで、私たちが介入するなんてこと自体おかしいんですから、これで私たち個人が目をつけられると、お兄さんが心配しますよ。ルルア」

ラッツの言う通りだが、医者としてウィードの医療を担っている者としてはつらいものがあるだろうな。

「分かっています。この無益な争いを一刻でも早く終わらせましょう。原因が私たちに関係しているならなおさらです。それがきっと多くの命を救えるはずです」

「そうだな。ここで治療に時間を割いても、争いの元を断たない限り増え続ける。ということで、ワイちゃんの所に戻ろう。聞いたと思うが、今までの情報整理だ」

「「「はい」」」

そういうことで、砦の縁から外の戦場痕を眺めるのをやめて、ワイちゃんの所へ戻る。

道々には、元気よく片付けをしている兵士たちがいる。

幸いなのは、ここには完全に兵士しかいない。

近隣の村々から、盾として人々を無理やり徴集した様子はない。

「あ、お兄ちゃんだー」

「兄様なのです」

ワイちゃんがいる中庭に戻ると、すぐにアスリンとフィーリアが俺たちを見つけて駆け寄ってくる。

こんな戦場まで連れてくるのはアレだと思ったが、下手に残すとそれはそれで面倒なことに巻き込まれそうなんだよな。

実力的にも問題はなく、ドッペルなので身体的な問題もないが、子供と思ってちょっかいを出されれば、俺たちが対応しないわけにはいかない。

一応保護はアグウストの姫さんかファイゲルさんになるから、大事になりかねない。

戦場でのトラブルなら、気が昂《たかぶ》っていたとかで、なあなあで済むが、王都に預けているのに問題が起きたら責任の追及はしなければいけない。

一度王都に連れてきたから、ドッペルをウィードに戻しても、王都から姿が掻《か》き消えることになるので、こちらが怪しまれるか、誘拐事件とかで問題になる。

とまあ、色々な要素を鑑みて、アスリンたちを連れてきたわけだ。

2人の頭を撫でていると、ラビリスとシェーラも歩いてこちらに来る。

「どうしたの？」

「もう、お話はまとまったのですか？」

「いや、まだだ。話がまとまるまで暇だから、とりあえず色々話して、情報をまとめようかと思ってな」

「なるほどね」

「そういうことですか」

すぐに踵を返した2人を追って俺たちも籠《かご》の中に戻る。

この砦の中で、一番頑丈なのがワイちゃんの運搬籠の中なんてなんかおかしいよな。

「ほっ。やっぱり炬燵《こたつ》は落ち着きますねー。あ、ありがとう。アスリン」

「寒くなってきましたからね。どうもフィーリア」

そう言ってお茶を貰って一息つくリーアとジェシカ。

「そうですね。こうやってみんなで炬燵を囲むのはいいものですね」

「そろそろ、ウィードも炬燵の普及を目指してみますかねー。ザーギスに炬燵の開発を魔力をメイン燃料に頼んで、いいところまでできていますし。デザインはこの際無視して……」

そんなこと言いながら、この2人もお茶をすする。

「ん。みかんは炬燵で最強となる」

「……いえ、意味が分かりませんわ。まあ、みかんは美味しいですけど。んー、甘いですわ」

こっちの2人はみかんを口に放り込んでのんびりしている。

まあ、炬燵にみかんは冬の最強装備と言われているから、クリーナの言葉に間違いはない。

あとは半纏《はんてん》を出せば、3種の神器って感じだな。

「半纏を出すなら、ちゃんとハグするのよ」

ラビリスは俺の膝に座っていて、一緒に炬燵を堪能している。

密着しているので思考はダダ漏《も》れか。

「はい。ユキさん、お茶です」

「ありがとう。シェーラ」

シェーラがお茶を入れてくれて、隣に座って炬燵に入る。

とりあえず、俺もみかんに手を伸ばして、剥《む》いて、食べる。

ついでに、膝上にいるラビリスには剥いたみかんを持っていく。

「はむ。うん。美味《おい》しいわ」

「俺の指まで食うなよ」

「いやね。わざとに決まっているじゃない。それとも下の方がよかったかしら？」

「そういうのは、この話が終わってからな」

「あら、つれないわ」

「シェーラもそこまでにしとけよ」

「も、もちろんです」

俺は適当にシェーラに言ってみたが、どうやら図星だったらしい。

……シェーラに関してはだいぶラビリスに毒されてきたな。

「失礼ね。私のおかげで、女になったのよ」

「へいへい。さ、皆。いったん現況をまとめよう」

「ぶー」

ラビリスがほっぺを膨らませるが、無視して話を進める。

「でも、お兄さん。結局、状況をまとめようにも、飛龍隊が情報を持ち帰っている最中でしょう？　ここで今なにか話してもあまり意味がないのでは？」

「そうなんだが、どうも違和感が大きくてな。いったん話して整理しておきたいと思ったんだよ。現場もすぐそこにあるからな」

「ふむふむ。何か引っかかっているというわけですね。ラビリス、お兄さんが疑問に思っている部分って分かりますか？」

「ちょっと待って……」

このためにラビリスを膝の上に乗せたのだ。

ラビリスの心を読むスキル。

仲が良くないと無理なので使いにくいものがあるが、こうやって、俺の引っ掛かりを見通してくれるので、第三の視点で俺の心、考えを見てもらえる。

無論、ラビリス自体も可愛《かわい》いからいいのだが。

「こら、可愛いとか考えないで。襲うわよ」

「ごめんごめん」

ラビリスならマジでこの場で、皆にばれないように俺を襲おうとするだろう。

……そんなスリル羞恥プレイは勘弁《かんべん》。

意識を今回の宣戦布告に向ける。

「そう、ね。うーん。なんとなく分かったわ。全体的に目的が不明なのよ」

「全体的にですか？」

「そう、全体的に。今回の戦いは、大国に対してケンカを売ったのよ。なのに、初戦から撤退した。それも、勝てる戦力が揃っていたのにもかかわらず、攻め落とさなかった」

「銃や大砲の威力が低かったとかはないですか？」

「うーん。そこら辺は調べてみないと分からないけど、それでも、それを差し引いて、ジョン相手に逃げ切る技量の持ち主がいて、飛龍隊にケンカを売れるほどの技量の持ち主も数人いた。まあ、差は歴然としていて、スティーブが率いている部隊にケンカを売った敵は捕縛されてたけど。でも、負けたとはいえ、そこまでできる相手が、銃や大砲の威力がなかったとしても落とせない理由にならないわ」

「そういえばそうですね」

「だから、ユキが悩んでいるのよ。陽動や実験のように見えるけど、ヒフィー神聖国からすれば、あまりメリットが存在しないのよ。陽動は王様を襲うことにして、王都から本隊を引きずり出して、王都を空にしても、王都へ攻めるルートが存在しない。他国経由になるわ。銃器の実験としても、わざわざ負ける可能性がある相手にケンカを売って調べたりはしないわ。魔物や盗賊で十分だもの」

「うーん。確かに、変ですね。変すぎますね」

「さらに、飛龍隊が到着してからの敵の行動。すぐに撤退に移ったけど、逃げ切れないと見た指揮官が自軍の兵士を攻撃して、口封じしようとしたこと。わざわざ、口封じする意味が分からないわ」

「それは、情報を引き出させないためでは？」

「情報って言っても所詮《しょせん》は一兵卒よ、そんな大それた情報を持っているわけないわ。銃器の使用方法がばれないかってことも考えていたみたいだけど、すぐにそんなのは否定してるわね」

「なぜですか？」

「ラッツ。あなたはユキの世界の銃を手にして、1から銃を認識して、使いこなして、生産体制を整えるまでにどれだけ時間がかかるかしら？」

「あぁー。そりゃ数年どころか、下手すると10年以上ですね。まず、銃撃に耐え得る鉄の製法すら知りませんし。で、これで口封じの意味が分からなくなりましたね……」

「全体的に、本当に動きが意味不明なのよ……」

自分の考えを改めて聞いてみたが、ラビリスの言う通り、まったくの意味不明なのだ。

まあ、大国に陽動を仕掛けて、そのうちに小国を制圧する。っていうのも考えたが、それはリスクが割に合わん。人手を割きまくって、兵力が足りなくなる。

その間に、アグウストが本国を粉砕して終了だ。

「本当に意味が分かりませんね。戦争を起こすメリットが分かりません」

ジェシカも心底不思議そうに首を傾げている。

「領土を広げると言っても、大国の領土を……なんてのはあり得ませんわね」

サマンサもうんうん考えているが、しっくりこないようだ。

「……敵にやる気自体なかったのは事実。これは、何か別の目的があったのではなく、国を刺激すること自体が目的だったとみるべき」

「え、クリーナ。どういう意味？」

刺激？

「ん。簡単。敵は、目標を達成したと言った。つまりは、アグウストに戦争を吹っかけること自体が目的だった可能性がある」

「うん？　つまりどういうこと？」

……ちょっと待て。

「まだ確証はない。でも、勝てる戦力を持って勝とうとしなかった。つまり、今は領土を切り取るつもりがないということ。飛龍隊が来た後すぐに撤退準備を始めたということから……」

「誘い込むつもりか」

「ん。自分たちが攻め入るのは、邪魔者を蹴散らした後でいい。戦う場所は自分たちが有利な場所にするべき。アグウストとしては、この小国に牙を向けられたのは沽券《こけん》に関わる。すでに本隊の援軍も送っているから、このままアグウストは攻め入ると思う。だって、一度防衛は成功しているから」

「銃や大砲を相手にしても、被害軽微だったから、侮って攻め入るか」

「ん。その通り。ある意味、私たちが手痛いミスをしてしまった可能性がある」

「飛龍隊が率先して蹴散らしたおかげで、自分たちで追い払っていない分、銃や大砲への危機感がない」

「その通り。王様がどう指示するか分からないけど、できて注意を促《うなが》すだけ。このまま黙って今回の侵攻を見逃すことはない。報復として、確実にヒフィーに侵攻すると思う」

……やばい。

クリーナの言う通りだ。

王様、アグウスト8世が銃や大砲の威力を目の当たりにしていて、戦力差があることを知っていても、作り上げられた、防衛成功の結果を否定するわけにいかないし、報復をやめろと言うわけにもいかない。

「ちょっと待ってください。それだと……」

「ルルアの思う通りでしょうね。このままだとアグウスト軍の本隊は、ヒフィー神聖国が整えた戦場で全滅するでしょう。私なら、その戦場にトーチカとか塹壕《ざんごう》をガンガン配備して、確実にやりますよ」

ルルアに同意するように言葉を続けるジェシカ。

「予算や物資に限りはありますからね。なるべく少ない消費で終わらせたいはずです。なるほど、理に適っていますね」

ラッツの言う通りだ。

予算や物資には限りがある。

だから早期決着が望ましい。

「なんとなく分かったけど、それだと味方を殺したのはなんで？」

「「……」」

色々分かってきたが、リーアの質問には答えられない。

「……リーアの言う疑問はまだ謎。別の目的のためにした可能性もあるし、私の話もあくまで可能性が高いと言うだけ。あとは、飛龍隊が持ち帰った情報をしっかり分析して考えるべきだと思う。幸い今日明日で動き出すことはないから、その間に考えるべき」

「そうだな。でも、色々考えがまとまってきた。ありがとう」

俺はそう言って、いったん本当に休憩をするつもりだったのだが、コールから連絡が届く。

『大将‼　ジョンだ‼』

「どうした？」

『俺が戦った女魔術師だが、どうやら前任者だったらしい‼　ダンジョンマスターのだ‼　コメット・テイル、その人だ‼』

ジョンの声が皆に届く。そして……。

「「「な、なんだってー⁉」」」

ちょ、ちょっと待て⁉

はあ？　なんで元トップが出てくるんだよ⁉

『ザーギスに腕と杖を見せたが、どうやらアンデッド化しているらしい。上位のリッチタイプだと。杖は聖剣や魔剣と同じようにダンジョンコアを材料にできているらしい。で、本人の確認はポープリとスィーア、キシュアに取らせたからほぼ間違いない』

マジですか‼

厄介なことにしか思えないわ。

あと、なんだってーって実際に言うとは思わなかったわ。

第304掘：情報整理と方針

ｓｉｄｅ：ユキ

現在の時刻、10時。

全員ウィードの会議室へ戻っている。

ひと通りいつもの仕事や食事も終えて集まったが、今回はこれからが本番だ。

「まず、本題に入る前に、今の俺たちの状況説明だな。エリス、いいか？」

「はい。まず、アグウスト軍の救援に行った飛龍隊ですが、無事に竜騎士アマンダの成果になりました」

うん。色々ごめん。

だけど、もともとそういうつもりでアマンダにワイちゃんを預けたからな。

なんというか、まあ我慢しろ。

エリスから個人的に王様とのやり取りは聞いたが、完全にカチンコチン理解不能状態だったみたいだ。

まあ、見たこともないワイちゃんの部下の飛龍隊が先に救援に行って戦果をあげて、それが全部アマンダの功績になったのだ。

本人に自覚があるわけもなく、そんな他人の功績を自分のモノとできる性格でもないから。

そのせいで、王様とのやり取りはエリスが全部やったということだ。

ある意味エリスに任せっきりなので、下手にアマンダがやり取りするより安全だったが。

「次に、アグウスト8世、現アグウスト国王陛下の王都への護衛任務についてですが。敵を撃退して一息ついていますので、陛下をすぐ連れて戻るというわけにはいかなくなりました」

そうだよな。

ピンチでの離脱ならともかく、もう争いの終わっているところで責任者をいきなり引っこ抜くわけにはいかない。

「大まかな事後処理や指示を終えるまで、2日というところです。ですので、あと1日後か2日後に出立する予定になります。アマンダとエオイドはすでに砦内に用意された場所で休んでいます。護衛の方はドッペルの私たちが監視していますので問題はありません。以上が私たちの状況です」

「ありがとう。次からが本題だ。まずは、結論からだな。ミリー、頼む」

「はい」

そう言って、ミリーがホワイトボードと、大型モニターの前に歩いていく。

「ユキさんが言った通り、結論から言います。まず、敵にユキさんの前任者、つまりダンジョンマスターだった方が、リッチ、アンデットとして蘇《よみがえ》っています」

飛龍が録画した映像がモニターに映される。

そこにはロングストレート金髪の美人さんが色々な角度から映されていた。

「再度、この場で確認をとりますが、ポープリさん、スィーアさん、キシュアさん、この方が前任者のダンジョンマスター、コメット・テイルさんで間違いありませんね？」

「はい。間違いないよ」

「……間違いありません」

「……事実だ」

3人とも微妙な表情で返事をする。

「ルナさんにも確認を取りましたが、あー、こんな顔だった気がする、と……まあ、大丈夫だと思います」

……あの生物に確認なんてことができるわけないか。

俺たちのことなんて路傍の石ぐらいだろうからな。

まさによくあることだ。

「さらに、敵は銃や大砲、しかもかなり洗練されたものを使っていることが確認されました」

次に画面に映るのは、鹵獲《ろかく》した銃や大砲だ。

分解した映像もあるし、すでに発砲も試したようだな。

さすが、ザーギス。仕事が早い。

映像の端でナールジアさんが嬉々として映っているのは気のせいだろう。

「性能自体は、私たちウィードで正式採用している物に比べれば数段落ちますが、威力自体は遜色ありません」

そりゃな。

対人兵器の威力は二次大戦ですでに上限が見えていたからな。

威力は人を殺せるだけの火力があればいい。

わざわざ大砲の威力を小銃に持たせる必要はない。

まあ、性能は、って言ってるから、連射能力や弾丸の使い分け、整備性能に違いが出ているということだろう。

「しかし、あからさまに私たちの銃とは違う点が見受けられました」

へ？

銃に違う点？

どういうことだ？

俺がどこに違いがあるのか、銃の映像を食い入るように見ていると、ナールジアさんが歩いて、ミリーの横に並ぶ。

「ぬっふっふっふ。ユキさんも分からないようですね。私たちの銃と違う点はここです」

そう言って、ナールジアさんが取り出したのは弾丸がなくなった薬莢。

弾を撃ち出すための火薬が詰まっている入れ物。

「実はこの薬莢。火薬を入れていたわけではないのです」

そう言われてピンと来た。

「まさか、魔術か？」

「はい、その通りです。ここまで言えば分かっちゃいますか。ユキさんの言った通り、火薬の代わりに炸裂の魔術を込めているのです。使い方としては普通の弾丸と変わりません。銃に装填して雷管に衝撃《しょうげき》を与えることで、発動するようになっています。しかし、よくやったものだと思いますよ？　火薬の方が安定して調合できて、生産体制も整います。この魔術の場合は、魔術を込める人材がいりますし、どっちが効率がいいかと問われると、ウィードでは確実に火薬ですね」

「でも、ヒフィー神聖国では違うってことか？」

「はい。私たちの場合は、ユキさんからのスキルを通じて、火薬どころか完成品を取り寄せています。これがあるから、わざわざ生産するという手順を取っていないのです。銃を秘匿するという目的もありますけどね。で、それ以外の手法の場合は、火薬の材料となる硝石がそうそう手に入るものではありません。となると、火薬を魔術で代用するというのはいい方法だと思います。で、それらから考えて、銃や大砲を伝えた別の人物がいると思っていいでしょう。前任者であるダンジョンマスターとは別に、ですね」

「そうだな。前任者のコメット・テイルが銃をDPで取り寄せられるなら、そんな改良をする必要がないはずだ」

「そういうことです。あと、他の火器も魔術を利用したものが多数あります。威力に関しては、及第点ですね。ウィードの火器に比べて精度や連射、整備などの問題はありますが、十分、実戦使用可能です。しかし、凄いですね。まさに、科学と魔術の融合と言っていいでしょう。不足しているものを、魔術で補う。十分融合でしょう」

そう。

問題は、銃器だけではなく、ナールジアさんが言ったように、それを可能にした頭脳の持ち主がいるということだ。

「そういえば、前任者のダンジョンマスターのスキルはどうなっているのでしょうか？　火薬を魔術で補っているところを見ると、やはり、スキルは喪失していると見るべきでしょうか？」

一度見せられれば、というか認識すれば、ダンジョンマスターのスキルで取り寄せることが可能だ。

まあ、ジェシカの言う通り、スキルを喪失している可能性もあるだろうが。

だって、アンデッドみたいだし。

「ジェシカの言う、スキル喪失も可能性はありますが、私としては別の可能性だと思います」

エリスがそう言う。

「それはどのような？」

「そうですね。正直、ジェシカの言う通り、前任者がアンデッドになっていることから、スキル喪失している方が、私たちとしてはありがたいです。しかし、こちらの希望を前提に考えるのはまずいでしょう」

確かに、希望通りになれば、世の中生きるのに苦労はない。

「ということで、相手がダンジョンスキルを使えるという前提で、考えるべきだと思います。それで、弾丸に関しては、DPの問題などがあったのではないでしょうか？」

「「ああ」」

エリスに言われて、皆、納得した。

そういえば、品物を取り寄せるにはDPがいるのだ。

しかもこの大陸は20倍という状態。

なぜ使わなかったのかと、その疑問は予想が付いた。

無駄使いできないのだ。

だから、色々、自前の技術で補うということをしていたのだろう。

弾丸なんて大量消耗品《しょうもうひん》を20倍で仕入れていたら、DPはあっと言う間に尽きるだろうな。

俺たちみたいに財源はないわけだし。

「大体、武器の話は終わった。各自今以上に注意するって感じだな。で、問題は、前任者がアンデッドとして前線に出てきたってことは、他にトップがいるってことだ。さらに異世界からの銃の知識を持った人もだ。それらが同一人物だと思うのは都合が良すぎるから、別人だと思うべきだな」

「ん。ヒフィー神聖国は昔からある。私がその異世界の人のことは知らないから、私が学院にいる間に呼ばれたと見るべき」

「秘匿していた可能性もありますけど、大々的に発表しているみたいですし、あまり意味がありませんわね」

「とりあえず、ヒフィーのトップ、前任者のコメット、そして異世界から呼び出された人。この3人が今のところ、私たちの相手ですね。倒すかどうかはともかくとしてですが」

ラッツがそう言う。

確かに、話し合いで済めばそれでいいが……。

「今回は無理でしょう。理由はどうであれ、もう戦争は始まっている。というか向こうから吹っかけてきたし、話し合いに応じるぐらいなら、最初から宣戦布告なんてしていないわよ」

「ですよねー」

セラリアにそう言われて、すぐに返事を返すあたり、ラッツも分かってて言ったようだ。

「問題は、敵がわざと引いたという可能性が非常に高いこと。そして、アグウスト本隊があと

10日もすれば合流して、ヒフィーに攻め入るだろうということ。まずは、このことをどうにかしないと、アグウスト軍が壊滅的な被害を受けるわよ？　ポープリたちには悪いけど、前任者のコメットをどうするかは、これをどうにかしてからね。この間に敵として出てくるなら、容赦はしないわ。相手がダンジョンマスターのスキルを使える可能性がある以上、逃がすわけにはいかないから、出てくれば一気に潰すわ。自国に引き込んで有利な場所で倒す。そして、さらにDPを獲得するなんていうのは、私たちがよくやっていたことだわ。間違っても、アグウスト軍をDPにするわけにはいかないのよ」

そう、前もってセラリアと話したが、自国に引き込む理由は、おそらくDPを得るためでもあるということだ。

無論、持ち運びがきつい武器もあるだろうから、塹壕やトーチカを作って構えて、有利に戦えるようにはしているだろう。

間違ってもアグウスト軍を倒されてしまうと、さらに厄介なことになりかねない。

「セラリアの言う通り、前任者が出てきたということは、最悪、ダンジョンアタックをすることになる」

前任者のダンジョンを攻略するのだ。

全員の顔に緊張が走る。

それだけ、他人のダンジョンに挑むというのは難しいのだ。

本来のダンジョンの機能を知っていれば知っているほど。

継続的にDPを得るためにあえて攻略可能にしたダンジョンとは違う、生死が関わるダンジョンアタックになると、えげつないトラップを多数配置することになるだろう。

「まあ、いきなりそういうことにはならないだろうし、まずは、敵味方の情報を集めることだ。今話している情報も、今後変わることも十分あり得るから、そこら辺は気を付けてくれ」

「「「はい」」」

長々と話したが、今回は全然情報がない。

アルフィンとグラドの時よりも情報がない。

というか、敵の正体がいまだに不明だ。

はっきりしているのが、敵は前任者をダンジョンマスターだったと知ってか知らずか、最前線に送り込むような相手であるということだ。

ヒフィーのトップが本当に黒幕とも限らないからな……。

前任者に、異世界人に、それをまとめる何者か。

ルナに前任者のことを聞いたけど、アンデッドとして利用されるなんて初めて、って言ってたしな。

本人が自力で復活したって可能性もあるんだが……。

今の状態じゃどれも推測でしかないな。

とりあえず、今は姫さんの要求通りに王様を連れて帰って、その後本隊がどういう行動を取るか確認だな。進軍路さえ分かれば、フォローはできる。

ヒフィー神聖国は小さい国とはいえ、俺たちだけで、すべての要所を落とせないこともないが、こっちの手札を見せたくもない。

なるべく最小の労力で敵を制することが必要だ。

……しかし、いよいよ現代戦っぽくなってきたな。

あー、メンドイ。

第305掘：残滓

side：タイゾウ・モトメ

「戻りましたか」

ヒフィー殿がそう言うと、片腕になったコメット殿が扉から入ってくる。

しかし、その表情はいつもの通り何も感じさせない無表情。

アンデッド、死人というのはこういうモノなのだと言われているが、やはり違和感がある。

まあ、私が慣れていないだけなのだろうが。

「へえ、本当にコメットの腕を切り落とすほどの相手がいるのね」

ヒフィー殿がそう言ってコメット殿の腕に手を伸ばすと、淡い光がコメット殿を包んだ。

するとどうだ。気が付けば、なくなっていた腕は最初からあったかのように元通りだ。

この世界で魔術と呼ばれるものは、いかようにも変質する魔力を使う術である。

今見たのは、回復魔術と呼ばれるモノの一部であろうが、ただ切り傷を再生するのと違うのは、少しでも学がある人ならば理解できるだろう。

落とされた腕を持って帰ってきたわけでもないのに、完全になくなっている腕を元通りにしたのだ。

いったい、どういう理屈だ？

この欠損を治すほどの回復魔術はヒフィー殿しか使えないらしく、目の前で見たら、彼女が神そのものだと言われても、信じてしまう人はいるだろう。

「どう？　違和感はないかしら？」

「はい、問題ありません」

私が考え事をしている間に再生は終わったのか、コメット殿は再生した腕を上下したりして、問題がないか確認している。

「しかし、タイゾウ殿が作った無線機は便利ですね。おかげで速やかな連絡伝達ができています。まさか、コメットを圧倒する者がいるとは思いませんでした。すぐに撤退させられたのはタイゾウ殿のおかげですよ」

「はい、その通りです。無線機がなければ、私は最後まで撤退支援に徹していてやられていたでしょう」

「ああ、いえ。無線機に関しては、師の研究の延長線上でして……」

「そうでしたね。ですが、この世界でそれをゼロから作り上げたタイゾウ殿を称賛するのは当然です。人は、先人の知恵を継いでいき、未来に繋げるのですから」

「恐縮です。しかし、それもコメット殿のダンジョンスキルがなければ、どうにもなりませんでした」

「ええ、ですから、なおのことコメットがいなくなるのを防いでくれたタイゾウ殿に感謝しているのです。コメットが物資における最大の供給源なのですから」

そう、このコメット殿、ただの魔術師という肩書だけではなく、ダンジョンマスターという職業？　を生前にやっていたらしい。

ダンジョンマスターは、世界の均衡を保つための役割を担っていて、ヒフィー殿以上の神から選定されるらしい。

その関係で、生きていた頃の彼女はヒフィー殿と協力して、世界の均衡を保つために活動していたが、結局は人の世というところか、謀反《むほん》を起こされ、コメット殿はダンジョン中で落命した。

それからコメット殿に力を与えられた者たちが、各々旗揚げをして、この大陸は戦乱に包まれたそうだ。

当時のヒフィー殿は神としての力はそれほどでもなく、必死に戦乱が通り過ぎるのを待ち、ヒフィーの教えを広げ、信仰心を集めて、ようやく活動できるまで力を取り戻した。その後、このヒフィーの大神聖堂の真下に作られていたダンジョンの中にあった、コメット殿の遺体を回収して、アンデッドとして復活させたらしい。

しかし、神という生き物も、信仰心によって力が上下するとは、世知辛《せちがら》い話である。

まあ、友人だからという理由でコメット殿を助けたわけでもない。

先ほど言ったように、ダンジョンマスターには物質の創造能力があるらしく、魔力をDPというモノに変換して、物質を得る能力があるのだ。

魔力は魔術という術をもって、死者蘇生すら為すのだから、そういうことが可能でも不思議ではないだろう。

いや、実際は不思議で仕方ないが、魔力という新物質を研究しようにも、今の状況ではそういうわけにもいかない。

私たちが隣国であり6大国の一つでもあるアグウスト国に対して戦争を仕掛けたからである。

そして交戦の結果、コメット殿が負傷して戻ってきたというわけだ。

「申し訳ありません。私以外のモノはすべて皆殺しにされました」

「そう。でも、貴女が戻ってきてよかったわ。それに被害も仕方ないわ、だって飛龍が現れるなんて思わないもの」

……この戦い。最初は予定通りに進んでいた。

しかし、飛龍の来襲により我が軍は崩壊し、コメット殿が逃げ出すのでやっとという状況になったらしい。

「飛龍ですか。そんなに数が多かったのですか？　５００名もいたのですから、逃げ出せた者もいるのではないでしょうか？」

「おそらく無理。飛龍は50匹以上いた。それが空中から火炎を吐いて回る。それではどうにもならない」

「なるほど……。飛行機のような航空戦力ですか」

それは予想外だ。

この技術力の低い世界に航空戦力として扱える単位が存在するとは。

「いえ、タイゾウ殿。私も先ほど言ったように、飛龍という魔物は、この辺りでは数が少ないどころかまったく見ません。どこかに隠れ住んでいた飛龍たちが、餌を求め降りてきたとみるべきでしょう」

「しかし、飛龍に騎乗していた者がいたとコメット殿が言っていましたが……」

「それはオーク。人ではない魔物。つまり、魔物だけの勢力が存在する可能性が出てきた」

「コメットの言う通りね。そもそも、どこかの国が飛龍を有しているのなら、大々的に宣伝するはずです。今回のことは不幸な事故と見るべきでしょう」

そういうことか。それなら敵に航空戦力はないわけだ。

ならば、今回の戦争はそこまで心配することはないが……。

「そこの心配がないのは分かりました。しかし、今後その魔物の勢力とぶつからないとは限りません。対空兵器の用意は必要でしょう」

「対空？　なるほど、空に攻撃するための武器ですか。そうですね。後々に絶対必要になると思います。その時はお願いします。タイゾウ殿」

「しかし、幸いにも目的は達することができました。これでアグウストはこの国に攻めてくるでしょう。これを殲滅して、DPを得て、さらに国を強くし、まずアグウストを併呑します」

「はい」

ヒフィー殿はそう言う。

そう、この戦争の目的はDPの回収にある。

残念なことに、この世界の文明レベルは非常に低く、どの国も目先の国境争いに夢中なのだ。

おかげで、私がいるヒフィー神聖国も何度も侵攻を受けては、撃退するということを繰り返していた。

この小さな国が維持できたのはまさに、このヒフィー殿とコメット殿のおかげと言っていいだろう。

神の御業と思える魔術、そして、魔力から物資を呼び出す能力。

これがなければ、すでにヒフィー神聖国はなくなっていた可能性が高い。

だが、それも限界に近付いていた。

DPが徐々になくなってきているのだ。

緩やかにではあるが確実に減っているらしく、このままでは国を維持できなくなる。

だから今回、私という異世界人を呼び寄せたのだ。

結果、私の知識が役に立ち、銃器の生産や連絡の手段の劇的な変化により、軍の力が凄《すさ》まじく上がったのは言うまでもない。

もちろん魔道具といわれる魔剣もコメット殿が作れるので、それも底上げの要因だ。

だが、なぜ同じような小国でなく、大国を相手に戦争を仕掛けたのか？

これは簡単だ。

小国を落とすのは、この軍備の充実から容易だと想像がつく。しかし、結局、最後には大国が出てくるのだ。

勢力が大きくなりすぎると、それを面白く思わないところは必ず出てくる。

だから、相手がこちらを小国と侮っている今、仕掛けるべきだと言ったのだ。

日本も戦線の拡大ゆえに手が回らなくなり、どんどん追いやられて、最後には人員、物資枯《こ》渇《かつ》を招き劣勢状態となった。

まあ、あの大戦は仕組まれていたというか、最初から結果が決まっていた気もするのだが。

ともかく、まず大国に宣戦を布告して、わざと負けて撤退する。

そうすれば、相手は面子《めんつ》と報復のためにこちらに攻めてくる。

大国の介入で、周りの小国が攻めてくる可能性もあるが、それはどれもヒフィー神聖国内だ。

つまり、万全の態勢で戦える。

DPの回収にしても、ヒフィー神聖国の国土であれば、わざわざコメット殿が敵を自ら倒さずともDPを回収できるので、効率がいい。

そのＤＰを使って、すぐ物資、軍備の充実が図れる。

私たちが外へ打って出る時は、すでに各国は兵力をすり減らし、どうにもならない状況になっているのだ。

「しかし、この戦略、そして新たなものを作りだす知識。さすが、勇者タイゾウ殿ですね」

「いえ。私はただの技術者、研究者でしかありません」

「その受け答えは変わりませんね」

「申し訳ない。私は庶民なもので、誰にでも可能性があると思いたいのです」

「責めているのではありませんよ。しかし、タイゾウ殿の知識を平和のためではなく、戦いに使ってしまって、私としても心苦しく思うのです」

「確かに。私の知識は戦いに使われています。それに関しては、自分としても思わないところがないわけでもありません。しかし、ただ平和を、と声を上げても、力がなければ意味がないのも同じです」

そう、こちらが平和の声をあげても、攻めてくる敵は容赦がない。

この国の、大陸の安定を図らなければ、平和と声を上げることすら叶《かな》わないのは私もよく分かる。

というか、調停役であるアグウストが小国の小競り合いを黙認しているのだ。

いちいち介入していられないというのは分かるが、技術的にヒフィー神聖国が通信機能を使ってそれが可能になるのだから、変わってもらおう。

そうしなければ、私たちが危ないからな。

私が呼び出された理由は、この国の存続だけでなく、この世界を守るためだと、ヒフィー殿が言っている。

どのように世界の均衡を守るのかは知らないが、まずはヒフィー神聖国が力を蓄えなければ絵に描いた餅で終わるのだ。

私は平和を望んではいるが、周りから武器を突きつけられて、それでも考えなしに平和を叫ぶつもりはない。

まずは危険をとり除く。

世界大戦などと私の星で起こったような愚《おろ》かなことが起こらないように、調整する必要はあるが……。

「理解していただき、ありがとうございます」

「いえ。お礼は、アグウストの本隊を叩いてからです。予定外のことは往々にして起こり得るのです。そもそも、作戦が予定通りに進むこと自体が稀と言っていいでしょう。今回のように」

「そうですね。それを考慮した上で、色々考えるべきですね。今までは上手く行きすぎていたと痛感しました」

ある意味、今回の予定外のことは、この2人にとってはいい薬だろう。

銃器の調練と運用をこの2年間ほどやっていたが、なんと、作戦の失敗が存在しないのだ。

この結果には私も驚いた。

敵が魔物や盗賊だったとはいえ、銃という「武器」が認識されなかったのだ。

新しい武器を開発したのではなく、恐ろしく強い魔術ができたのだと思ったらしい。

小国との国境の小競り合いも損害を出すことなく、一方的に遠距離から敵を打ちのめした。

結果、銃の存在が敵に伝わることなく、今の今まできたのだ。

今回の予想外の失敗は、調子に乗るのを阻止《そし》してくれたのだから、それはそれでいいだろう。

犠牲になった兵士には悪いと思うが。

「さて、今回のことで敵国に銃器がばれたと想定するべきでしょう」

「そうでしょうか？」

「ええ。さすがに、すぐに相手が生産体制を整えるとは思いませんが、いずれ戦場でも銃器が使われることになるでしょう。そのためにも技術の更新は行うべきです。そして、今回攻め寄ってくるであろう、アグウスト軍もそれなりな対応策を考えてくるはずです」

「確かに、今すぐとは言わなくてもいずれはあり得る話ですね。しかし、アグウスト軍が対応を取れるのでしょうか？」

「完璧とまではいかないでしょうが、それなりの有効策を講じてくるはず、と考えた方がいいです。小銃メインではなく、榴弾砲の配備を多めにするべきですね。近づく前に叩くのです。それに、正面から飛んでくるものより、頭上から降る方が防ぎにくいですからね」

「分かりました。コメット、そのようにできますか？」

「問題ありません。杖を落としてしまったので、多少DPが少ないですが、まだ大丈夫です」

今回の失敗で一番痛いのはコメット殿が回収したDPを使えないことだな。

まあ、もとより雀の涙でしかないから、期待はしていなかったが。

「あとはアグウスト軍の動きを監視して、確実に自国内の戦場で仕留めることです。進軍路が変わるのが一番手痛いので、そこはしっかりとするべきです」

「それに関しては大丈夫でしょう。アグウスト軍の中にもヒフィーの信徒はいますし、コメット配下の鳥が空から監視をしています。進軍路の変更もあり得ないでしょう。ヒフィーへの道は1つしかありませんから」

「そうですか。なら、私は準備の指示などを行ってきます」

「はい。よろしくお願いします」

私はそう言って、踵を返して、部屋を出る。

……正直、嫌な予感がする。

飛龍。ヒフィー殿やコメット殿は国に加担することはないと言っていたが、それがアグウストに加担していた場合、非常に辛い戦いになる。

さすがに航空戦力までは整えられなかった。

対空兵器は対空砲ぐらいがせいぜいだが、開発していただけ僥倖《ぎょうこう》というべきか……。

……下手に兵士を減らすわけにはいかない。

こうなれば、飛龍が出た場合は装備を放棄して逃げろと、指示を出しておくべきだな。

そうすれば飛龍の情報が集まり、有効な対策を得られる。

大事なのは、いつでも情報なのだ。

side：ヒフィー

タイゾウ殿が部屋から遠ざかるのを確認して、私は再びお人形に話しかける。

「今回は失態でしたね」

「申し訳ありません」

だが、返ってくるのは淡々とした答えだけ。

「これで、DPを稼いで軍備を増強する予定がパーです。わざわざ餌としての役割を与えたのに、私たちの糧《かて》でなく飛龍の餌になるなんて」

そう、タイゾウ殿には飛龍のせいで全滅したと言ったが、実際に我が軍を皆殺しにしたのはこのお人形、コメットだ。

予定が狂ったが、タイゾウ殿の言う通り今まで上手く行きすぎた。

そのことでお人形に八つ当たりしても仕方がない。

「……まあ、いいでしょう。で、どうですか。魔剣の改良具合は？」

「はい。進軍、攻撃、士気、すべて問題ありません。普通ならば恐慌する数の相手ですが、普通に戦っていました。飛龍に対しては、撤退指示を出したのにもかかわらず数名が反撃に移ることはありましたが、概《おおむ》ね、魔剣の精神制御は良好です」

「そうね。飛龍相手ならしょうがないか。ま、捕まえた盗賊を使って、アグウストに対して挑発はできたのだから、成功というべきね。これ以上、精神制御を強めると、貴女《あなた》みたいになっちゃうからね。貴女が連れてきた行き場のない彼女たちの聖剣にも、精神制御で多少殺人という行為に躊躇《ためら》いがないように施したけど、あれは失敗だったわ。まさか、貴女を斬り殺すなんてね。甘い制御だと、自分が正しいと思い込むだけだったみたい」

「……わ、わたしは」

「あら？　なにかしら？」

珍しい、お人形になったコメットが何か自分の意思を伝えようとしている。

「も、もう、必要、ない」

「ああ、またその話？　貴女自身がそう思っても、私はそうはいかないのよ。貴女みたいな馬鹿な人々に世界を任せるわけにはいかないの。それは貴女にも教えたでしょう？　結局、貴女が拾ってきた彼女たちも追いやられて幽閉された。その後どうなったか知らないけど、もう生きてるとは思えないわ。だって彼女たちは人だもの。残されたのは、腐った人たちだけ」

「そ、それでも……」

「残念、私は信じられない。だから、私は今まで頑張ってこの国を作った。そして勇者も呼んだ。必要なのは貴女自身ではなく、貴女のダンジョンマスターとしての技能と、魔術師としての力だけ。この力で腐っていない人だけを集めて世界を救うわ」

「……だめ」

「ダメ？　おかしいわ。もう貴女は終わっているのよ、コメット。それを利用してあげているのだから、感謝しなさい。まったく、生きているのであればタイゾウ殿と子供でも作ればいい駒になりそうだったのに。ま、死人に何を言っても手遅れね。さ、そろそろお仕事に戻りなさい。ＤＰを使って武器の配備、補充をしなさい」

「分かりました」

私がそう命令すると、すぐに無表情になって、部屋を出ていくコメット。

「まったく、私という神が力を貸して失敗した愚か者共が。しかし、コメットは良い方か。コメットが拾ってきた彼女たちは、わざわざダンジョンコアを移植して生きながらえさせて、各国を潰すように精神制御していたのに全然成功しないとか……。ゴミはいつまでたってもゴミでしかないということね。やっぱり、私自ら人を選別しないとね、タイゾウ殿のように」

本当に役立たずもいいところだ。

４００年も世話してやったのに、命令1つもまともに遂行できない。

ああ、ゴミだから仕方ないのか。

「あ、良いことを思いついたわ。次、口ごたえしたら、彼女たちを使ったけど、失敗したって教えてあげましょう。あのお人形の表情がどう変わるか楽しみだわ。いえ、これは各国に進出した後に本人たちを見せつけて説明した方がいいかしら？　どうせどこかで自動再生しているだろうし、そこをもう一回殺してみせるとか」

悩むわね。

ま、どのみちダンジョンコアの回収はしないといけないし、彼女たちは殺さないといけない。

まあ、その時に考えるか。

第306掘：味方の思わぬ動き

side：ユキ

「これが空の世界か。なんと素晴らしい……」

俺たちは、予定通りアグウスト8世を連れて王都への帰路へとついている。

だが、これで終わりではない。

というか、これから厄介なことになりかねない。

おそらくは万全の体制を整えた上で、馬鹿みたいに隊列を整えてくる軍を相手に、弾の的にして確実に潰してくるはずだ。

相手にダンジョンマスターがいる。

その状況で、相手のフィールドでやられるというのは、DPになることを意味する。

そうなれば、さらに相手の強さが増すわけだ。

軍備だけの強さじゃない。

アグウストがこの戦いに敗北すれば、次は諸外国へ通達して、多方面から攻撃を仕掛けるか、物流の停止を試みるはずだ。

しかし、多方面からの攻撃などは、ヒフィーの自陣で今までの隊伍を組んで数頼みの戦法を取る限り、銃器という兵器を扱うヒフィー相手に勝ち目はない。

まさに、一騎当千の活躍を1人1人の兵士がこなす。

そして、物流の締め上げだが、それもDPが潤沢になるので、問題にならない。

DPに余裕が出れば、俺たちと同じように飛龍隊のような航空戦力を用意してくるだろう。

そこまで相手の力が増せば、もう勝ち目もクソもない。

何を目的にこんな行動を起こしたのかは不明で、何とか真意を問いたいが今の状況だと話を聞くどころではない。

「陛下、あまり外籠で風に当たられていては体が冷えてしまいます」

「ビクセン、何を言っている。このような世界を見せられて、それを感じないわけにはいかない。分かるだろう。本当に私たちは空を飛んでいるのだ。この体を打ち付ける冷たい風は私の熱くなった心を鎮めるのにちょうどいい。なあ、ラライナ。お前もそう思わんか？」

そう言って、王様が話しかけるのは、アグウストの魔剣使いの1人で、王の側近を務める風のラライナ。

奇しくも、ジェシカの上司マーリィと同じ、風の魔剣使いだ。

容姿はマロン色の髪を軽くウェーブさせたポニーテールで、身長は160ほど。

体形はスレンダーではあるが胸はでかくもなく、小さすぎるというわけでもない。

多少釣り目なのは、今まで戦場を歩いてきたからだろう。

これに付き従っていたビクセンさんも大変だったろうな。

「ええ。私もそう思います、陛下。空の上の風。私にとってこの経験は、さらにこの魔剣を使いこなすために与えられた運命と言っていいでしょう」

「そうだな。この凍てつく風を身につけ、さらなる力を手に入れ、次なる戦に備えて欲しい。おそらく、あの武器に対して一番有効な防御方法はお主とその魔剣だ」

「はっ、お任せください。次こそは、完全に敵の攻撃を防ぎきって見せましょう」

そう、実は、銃器や大砲相手に被害が思いのほか少なかったのは、このライナのおかげだったりした。

風を吹かせて、弾道を逸らしたのだ。

直感的に、敵の武器が飛び道具と感じて風を吹かせたらしい。

その判断は正しい。

射撃で的を外す外的要因の一番は、風だ。

短距離であれば問題ないが、長距離射撃の場合は風で弾が流される。

だから、風の影響が出る500m以上の狙撃は成功しないと言われている。

しかし、世の中には化け物がいるもので、どっかの13とか、白い死神とか、もう信じられないレベルだ。

だってあいつら、拳銃や、マシンガン、つまり狙撃専用の銃でなくても1km以上の敵を撃って当てている。

本人たち曰く、狙って撃つ。

うん。人外に常識は通じないのである。

と、今は人外の話はどうでもいい。

大事なのは、アグウストがどのような行動に移るかだ。

話を聞く限り、ヒフィー神聖国に攻め込むようだ。

んー、何とかして時間を延ばせないだろうか……。

「しかし、ラライナ、ビクセン。私は一度、ヒフィー神聖国に使者を立てようと思っている」

おや？

話の流れが変わってきたな？

「どうしてでしょうか？」

「そうですな。相手は宣戦を布告したのです。そして、我が軍にも、街にも、国民にも被害が出た。これは、許されざることです」

「確かにな。本当にヒフィー神聖国が戦争を仕掛けたのであれば、許されざることだ。だが、それが他国の工作だとしたらどうだ？」

「他国のですか？」

「うむ。今回の戦は不可解なところが多い。まず、敵がヒフィー神聖国だということだ。あの国とは今まで仲良くやってきた。特にヒフィー神聖女には我が国の重病、重傷者を助けてもらっている。その彼女がわざわざ、人死にが出るような争いを起こすとは思えぬ」

「確かに」

……ふむ、神聖女ねー。

胡散臭《うさんくさ》いことこの上ないが、今のところ、アグウストの面々からの信頼は厚いみたいだな。

「次に、敵勢が１０００にも満たぬところだ。確かに、ヒフィー神聖国から現れ、ヒフィーと名乗った軍勢ではあるが、あまりにも少ない。驚異的な武器も持っていたが、結局、竜騎士アマンダ殿がいなくても最終的には撤退していたと私は見ている。あの数では、せいぜい私たちがいた砦を占拠するので精いっぱいなはずだ。大国相手に用意したというには、お粗末すぎる」

「そう言われれば、そうですな……」

うん。

　この王様は戦主義ではないみたいだ。

しっかり今までの情報を集め、精査して判断を下そうとしている。

確かに、誰かが糸を引いてこの戦いを起こそうとしたという可能性はある。

「最後に、使者を立てることにより、本当にヒフィー神聖国が戦をしようとしているのが分かれば、こちらに大義名分ができる。周りの小国も呼びかけに答え、ヒフィー神聖国を攻めるだろう。ヒフィー神聖女が囚われている可能性もある。その場合、救い出してヒフィー神聖国を彼女に返すということもできる。どのみち、情報が少なすぎる。他国の陽動の可能性がある以上、下手に軍を動かすのは愚策だ。使者は危険だが、国全体を危険にさらすことはできん」

そう、王様の言う通り、どのみちヒフィーに赴かなければそれは分からないのだ。

こちらもその可能性を考慮しなかったわけではない。

しかし、すぐにアグウストが軍を向けるとなると、俺たちも確認作業をしている暇がなくなるのだ。

いまだ、この戦いは情報戦の最中にある。

まあ、飛龍隊の高高度偵察の結果、防御陣が築かれていることから、向こうはやる気満々でほぼ間違いなしだとは思う。

「ですが陛下、その死の危険が高い使者の任を誰に任せるおつもりでしょうか？」

「ふむ。そこが問題だ。まず想定するべきは、ヒフィーが敵に回っている場合、使者が殺害、捕虜に取られる可能性がある。そうなってもいいように、切り捨ててもいい人材でもあり、なおかつ、自力で脱出できそうな者が好ましいのだが……」

そんな便利な人材がいれば誰も苦労しないわ。

というか、そこまで個人技量があって、国との使者に立てられるほどの人物なら、切り捨てるのには惜しいな。

というか、敵陣のど真ん中に放り出して、脱出できる人間なんていないと思うが。

どこかの大脱走ですか?

「……僭越《せんえつ》ながら、その使者の任、私が引き受けたく思います」

「なっ、ラライナ様。それはなりません‼」

いきなりの宣言にビクセンさんが慌てて止めにかかる。

まあ、大事な戦力だしな。

でも、自力で脱出できる可能性があるとすれば、魔剣使いの彼女だけぐらいだとは思う。

王様も俺と同じ考えのようで、否定することはなく、じっとラライナの目を見返していた。

「……今、この場で決定はできん。が、王都の会議では候補の1人としては上げさせてもらう」

「陛下⁉」

「はっ。感謝いたします」

「ビクセン、お主の気持ちも分かるが、彼女はハウゼンの娘でもあるのだ。血なのだよ。だが、結果がどうなるか分からぬが、必ずハウゼン、父にこの話はしてくるのだ。最期になるやもしれん」

「分かりました」

「さ、難しい話は終わりだ。今は、この空を共に楽しもうではないか」

そう言って、話を切り、再び空を楽しむ王様。

ふむ。

これは考えようによっては、俺たちも一気に敵の中枢に食い込めるチャンスかもしれないな。

情報を集めるのにもいいし、敵の確認もできるかもしれない。

危険が盛りだくさんだから、送り出すメンバーはじっくり考えないといけないだろうが。

最悪、俺たちのドッペルの制御を奪われる。

最高、敵のトップたちをその場で一網打尽にできる。

どのみち敵の戦力は測れるから、俺たちにとっては有益だ。

使者の件には割り込む方がいいな。


というわけで、ウィードの会議室に戻って、現在その会議中。

「うーん。その情報が得られるという点は賛成。アグウストの使者たちは情報を集めて、それを持って帰らないといけないけど、私たちの場合はその場で情報の共有ができるから」

「ですね。それは私もセラリアに賛成ですが。かなり危険度が高いですし、誰を派遣するかという話になります」

「そうですね。さらに、この話には、アマンダが必要不可欠でしょう。私たちが協力を申し出れば、竜騎士というネームと機動力を使わない手はないはずです」

セラリア、ラッツ、エリスは使者の件を聞いてウンウン考えている。

リスクとリターンが微妙なのだ、相手が相手だけに。

「でもさ、ポープリとしては、アマンダを使者に立てていいの？　僕的に一番命の心配があると思うけど」

「だね。ワイちゃんはもともと野生で、ＤＰでの制御も自分から頷かないとだめだからその心配はないし、万が一の時も離脱できる。でも、アマンダは……」

「そこまで力がない。へっぽこ」

「カヤ、そこはもっとオブラートに包もうよ」

リエルとトーリ、カヤは使者に参加しなければならないであろうアマンダの心配をしている。

ドッペルの制御が奪われたら、アマンダとエオイドだけになるもんな。

その場合、逃げずに大人しく捕まるのがいいと思うけど。

……見せしめ、力の誇示に殺される可能性もそれなりに高いけどな。

「……私としては、アマンダとエオイドには危険を冒して欲しくない」

そりゃそうだろう。

「……でも、この話を断って話が片付くのか？　ということに戻る」

そう。この問題は、先送りにしたところで、解決になるのかというところが大事なのだ。

「……それは無理じゃろうな。アマンダが関わらない場合、妾《わらわ》たちが使者にくっついていく理由にはならんし。その使者たちが殺されて終わりじゃろう」

「そうね。モメント、あ、食堂で話を聞いた傭兵なんだけど、彼から聞いた話だと、神聖国側はやる気満々みたいだし。その使者たちが停戦を成功させるっていうのは都合がよすぎるわね」

「それで結局、戦線の拡大。それによって最終的にアマンダが竜騎士として駆り出される可能性は高いですね」

デリーユ、ミリー、ルルアも、軒並み、状況は今より悪くなると判断している。

俺もこの意見には賛成。

戦闘が始まってしまえば、潤うのはヒフィー神聖国だ。

後々手を打つ方が難しい。

「で、新大陸出身の3人はどう思う?」

俺は、ジェシカたちに話を振ってみる。

クリーナとサマンサは日が浅いから、会議は聞くだけになっているが、案外良い案が出るかもしれない。

「……私としては、危険を冒してでも、今回の使者の件に同行するべきだと思います」

「ん。ジェシカに賛成」

「私もですわ」

「理由を聞いてもいいか？」

「はい。まず、今回の相手方の目的はクリーナが推測した通り、DPを回収するためだと思われます。それを遅らせるのは当然だと思います」

「ん。そして、使者に紛れることで、神聖国側の目的を私たちが直接探れるところが大きい。今のところ、『神聖国側が自国に敵を引き込んでDPを回収する』というのも、あくまでも推測でしかない。たとえ、DP回収がこの戦争の目的であっても、その先の目的を知らないと、結局は後手に回る」

「私はお恥ずかしながら、クリーナさんほど思慮したわけではないのですが。私たちが行けば情報を集められることと、そして何より流れる血を最小限にできるはずです。私たちならば、多少の荒事も問題ないでしょう。だって、これは私たちの問題である可能性が高いのですから。私たちが自らどうにかしないといけないと思うのです」

３人の話はもっともだ。

特に、サマンサの言う通り、前任者であるダンジョンマスターが出てきたのだから、そういう意味では、当事者はアグウストではなく俺と思うべきなんだよな。

……まあ、ほぼ押し付けの当事者だけどな。

「俺も、その、使者についていくべきだと思います。神聖国に召喚《しょうかん》された異世界人、その人なら俺やユキさんなら話が通じる可能性もあるし」

タイキ君も賛成か。

まあ、異世界人というイレギュラーも怖いんだよな。

だから、俺やタイキ君が直接会って話したい。

上手くいけば引き込める可能性がある。

「そうですね。危険を冒す利点はあるように思えます」

「うーん。難しいことは分からないけど、怪我をする人が増えないようにするのは悪いことじゃないと思うな」

「大丈夫なのです。私とナールジアさんが頑張ってたくさん、たーくさん、防具やお守りを作るのです」

シェーラも賛成か。

アスリンも自分なりに答えを出し、フィーリアはやる気満々だ。

「ふふっ、そうね。幸い、皆妊娠してはいないのだし、ちょっとのドッペルの怪我ぐらいは大丈夫でしょう。ユキの懸念はそこだものね」

へいへい。

そうですよ。

俺の身一つなら、すぐに単身潜入しているけど、嫁さんが大事なんですよ。

「リーアとキルエはどうだ？　どう考えても、俺がその使者の1人として行くことになると思うが……」

「正直、護衛として、勇者として、何よりユキさんの奥さんとしては大反対です」

「ですね。私も旦那様が危険な所に赴くのは、メイドとして、妻として反対です」

2人は反対か。

まあ、しかた――

「でも」」

最後まで思考し終える前に、彼女たちの言葉がそれを遮《さえぎ》る。

「私が絶対守りますから、大丈夫です」

「旦那様が考え抜いた判断に付き従うのが良き妻というもの。どうぞ、私たちの心配することなく、目的を達成してください。私も、今回の判断は間違っているとは思いません。帰るべき場所は必ずお守りいたします」

「はいはい。旦那様。私もこの家は守りますから、どうかやっちゃってください。先輩と一緒にこの場所は守りますよ‼ 必要とあれば、私もサマンサお嬢様と共に使者に赴きます‼ っていうか私を忘れていませんか?」

結局、リーアも、キルエも、サーサリも賛成か。

こりゃ、使者に紛れ込むこと決定だな。

俺が内心そう決めていると、ナールジアさんが慌てて会議室に入ってきた。

「あ、よかったです。まだ会議をしていたんですね。スティーブたちが捕虜にした魔術師なんですけど、ユキさんとラビリスの言う通り、あの人たちもやっぱりアンデッドみたいです。原理は分かりませんが、よほど高等な魔術で蘇生……ではないですね。死体に術式をかけて使っているようです。まあ、素材、というのは悪いかもしれませんが、相当良い遺体、つまり魔術に長けている素体がないとあのようなリッチは作れないでしょうけど。たとえば、ポープリさんとか、聖剣使いさんたちとか、あとは辛うじて、魔剣使いですかね？　あの新大陸の基準でいうならば……」

その言葉で決定的になった。

使者の可能性が高い魔剣使いラライナ。

何かあれば、彼女が真っ先に狙われる可能性が高い。

罠《わな》を張れば色々掴めるかもしれない。

逆に使者に付き合わないのであれば、敵の戦力が増える可能性があるわけだ。

さて、メンバーは誰にするべきか。

最大戦力か、それとも最少戦力で臨むべきか？

落とし穴49掘：しあわせ

side：ラッツ

今日も今日とて、スーパーラッツの幹部は店舗運営のために、企画作りや発注作業、苦情対策などなど、色々大変なデスクワークをこなしています。

今やスーパーラッツは、ウィードはもとより、大陸一と言われる商会になっています。

まあ、お兄さんの故郷の商品を売っているだけでして、私の才能のおかげかと言われるとノーとしか言えませんが、このスーパーラッツのおかげで、ウィードだけのオリジナルの製品を生み出したり、住人にいい影響を与えています。

ただ、恩恵に与《あずか》るだけでなく、そこから何かを感じ、自ら生み出す。

これこそが、私のお兄さんが望んだことでしょう。

最近は、新大陸の事情が色々忙しいことになっていますが、ウィードの仕事も疎《おろそ》かにしてはいけません。

そろそろ、ウィード建国2年目で各代表の交代時期でもありますし、私も後進の教育に力を入れているところです。

そのおかげで、後進たちに商会を任せてお兄さんと一緒に新大陸に行ったり、娘たちの面倒を見ているのですが……。

「はい。やりなおしですね」

「ええー」

そんなことを考えつつも、提出された書類がダメダメだったので突き返します。

それで声を上げるのはスーパーラッツの商会の部下の1人、猫人族の子です。

第一回目にロシュールから連れてこられた奴隷《どれい》の子で、結構ウィード歴は長く、リエルと同じ種族で、思ったより計算などもできて真面目な性格です。

「毎回言っていると思いますが、このスーパーラッツは国営の店です。即ち、予算は国から出るのです」

「分かってますよー。でも、どこがいけないんですか？」

「用途不明なお金があるのはいただけません。エリスは絶対に頷きませんよ？」

「用途不明ってどれですか？」

「ここですよ。ここ」

そうやって示すのは、新商品開発予算。

全体の3割を占めている。

「ちゃんと、新商品開発予算って書いてあるじゃないですか」

「もうちょっと詳細に書きなさいって話です。新商品開発予算の内訳ですね。これじゃ、何にどれだけ使うかが明記されていないので、お金が横流しされても分かりませんよ」

「そんなことするわけないじゃないですか」

「人はいつ魔が差すか分からないもんです。こういうところをきっちりすることによって、そういうちょっとした魔を防ぐんですよ」

「そういうものですか？」

「そういうものです。代表になると会計とかともぶつかりますから、こういうところはしっかりすることです。代表になるために頑張っているんでしょう？」

そう、この子が次の商会代表候補。

他にも候補はいるけど、個人的にはこの子が代表になれるといいと思う。

運営や発想は時折光るものが見えるので、この子が代表になるとどうなるのか見てみたいって感じですね。

「うう━。会計とぶつかるのか━。なんかやる気が急に……」

「ヘタってないでお仕事ですよ。ちゃんと内訳を計算して書いてきなさい」

「……はい」

トボトボと机に戻っていって、再び書類を作り始める。

なんだかんだ言って、ちゃんとやるから問題はないんですけどね。

なんというか、一度、私を通すことに慣れているのが問題ですね。

私はトップではなくなるんですよ。

だから、あなたが最後に目を通す大事な立場になるのです。

おそらく、無意識に甘えているのでしょうね。

一緒に今まで仕事をしてきていましたから。

そんなことを考えつつも、書類に目を通してハンコを押したり、変なところがあれば、作った人を呼び出して修正したりの繰り返しです。

ボーン、ボーン、ボーン。

時間が経つのは早いもので、今日のお仕事は終わりの時間です。

「これで定時ですね。後半勤めの皆は着いていますか？」

スーパーラッツは夜遅くまで開いているので、夕方から交代の人員が来る。

主に店内トラブルに対応するためだ。

お店の方もちゃんと交代要員が来るので、朝から働いている人が夜までぶっ通しということはない。

ここら辺は、お兄さんが厳命しているので徹底させている。

お兄さんの故郷では残業が当たり前で、家に帰って寝るだけの生活って言ってましたからね。

さすがにそういうのはダメだと思います。

だって、いちゃつく時間がないじゃないですか‼

仕事漬けとかあり得ないですね。

「代表、皆ちゃんと来てますよ」

「そうですか。なら夜のお仕事は任せますよ。くれぐれも、店舗からの収益報告が届くのを確認してくださいね」

「「「はい‼」」」

「はい。ではお仕事に取り掛かってください。朝からの人はさっさとどかないと邪魔になりますからね」

「「「はい」」」

そう、わざと机を少なくしており、朝と夕のメンバーがちゃんと入れ替わらないとお仕事にならないようにしてあるのです。

これは残業を防ぐためですね。

と、私もさっさと帰りますかねー。

「またねー」

「うん。また明日ねー」

「今日のご飯ってなに？」

「そうねー。ハンバーグにしようかしら？」

「なあ、飲んでいかねえか？」

「お、いいねぇ」

一歩外に出ると、そんな声があちらこちらから聞こえてくる。

そんな光景を見て私は少し微笑む。

「まったく。お兄さんは頑張りすぎですねー」

お兄さん本人は決して認めようとしませんが、これは明らかに過ぎた施しです。

いえ、悪いとは言いませんが、むしろお兄さんに惚《ほ》れ直したと言ってもいいです。

ですけど、おかげでお兄さんの負担は増える一方。

ウィードに問題があれば、最悪、切り捨てるなんて言ってますけど、お兄さんがそんなことをするわけがありません。

あの人はそういう人です。

だからこそ、私たちもメロメロなんですが。

街の人たちには明日を憂《うれ》う表情はありません。

ただ、今日も日が暮れて、明日は何をしようかと考えている顔。

奴隷だったり、スラムでごみを漁っていた人たちだったとは思えない。

そればかりか、この大陸で一番裕福な暮らしをしていると言っても間違いとは思いません。

「でも、不思議ですね。最初は、なーんにもなかったのですが」

お兄さんが来て、ダンジョンを作って、私たちが来て、街ができて、国になった。

怒涛《どとう》だ。

普通ではあり得ない速度。

なんとなく、その変わりように昔の光景を思い出していた。

帰る道すがら、あの建物はエリスやミリーと揉めたなーとか、あの広場はアスリンとフィーリアの意見が盛りだくさんだったとか……。

ぼーっと、そんなことを思い出して歩いていると、気が付けばスーパーラッツの前に立っていた。

「ありゃりゃ、私も未練がましいってところですか？」

ここは、一号店。

つまり、私が初めてお店を持って、自ら店長を務めたお店だ。

何もかも、お兄さんに用意してもらっただけですけどね。

今では、基本的に書類仕事でオフィスばかり。たまに新商品の品出しや視察に来るぐらい。

今は夕方なので、お店は人の出入りが激しく、店員も忙しそうだ。

そうそう、初めて妖精族さんたちを相手にしたと時はてんてこ舞いでしたっけ。

皆してお店で品出しとか、レジ打ちしてましたね。

調子に乗って、大きい店と大量の品物を扱える場所があるといいって要求したら、これが出てきたんですよね。

当時はお兄さんが異世界の人なんて知らなかったから、せいぜい一軒家ぐらいのお店だと思っていたんですよね。

そしたらこれですよ。

自動ドアに冷暖房完備、そして膨大な広さの店に、大量に冷蔵できる場所があったり、倉庫も広いし、商品の種類は山ほど。

正直、腰を抜かすと思いましたよ。

「ん？　ラッツじゃないか。どうしたんだ？」

「あ、本当ですわね。どうされたのですか？」

「……お、重い。サマンサ、手伝って」

「嫌ですわ。自分の分は自分で持つべきです。あと、もっと考えて買うべきですわ」

「……ぐっ、正論」

お店を眺めていると、お兄さんとサマンサ、クリーナが出てきました。

「いえ。私は帰りでなんとなく寄ったのですよ。お兄さんたちは買い物ですか？」

「ああ。今日の晩御飯で材料が足りなくなりそうだから、買ってきてって連絡があってな」

納得ですね。

最近はお兄さんが料理をする機会も減りましたが、こうやって料理のための材料選びなどはやっぱりキルエやサーサリと並んで目利きができるので、よく買い出しに行っています。

女としては、料理で負けるのは悔しくあるのですが、お兄さんなので仕方がありません。代わりに、あとでおっぱいをあげましょう。胸が張ってきてるので、シャンスたちだけでは辛いのです。

「で、護衛のお2人のお荷物は？」

「ただの私室の買い出しですわ。お菓子とかは美味しいですから」

「その通り」

「で、買いすぎたと」

「……仕方ない。魅力的な物が多すぎる」

目を逸らすのはクリーナ。

サマンサはほどほどで片手に持てる量だが、クリーナは両手に買い物袋を膨らませて持っている。

どこかで見た光景ですね。

自分も最初の頃は、お店のものをたらふく持って帰った記憶があります。

その後の妖精族さんも散財してましたよねー。

ウィードへ連れてこられた奴隷の皆も、お金があれば散財していたでしょう。

誰もが通る道ということですか。

「ラッツも他に用事がないなら一緒に帰るか？」

「ええ。一緒に帰りましょう」

お兄さんの誘いを断るのは、そうそうあり得ません。

仕事も後進たちに押しつけますとも。

成長を促すためですから、何も問題はありません。

ということで、クリーナの両手が塞がっていて、お兄さんの片腕が空いているので、腕を絡めます。

「……ラッツ、荷物を」

「嫌です。ちゃんと考えて買うべきでしたね」

「……今日は仕方ない。我慢する」

夕日の中を４人でのんびり歩いて帰ります。

その中、お兄さんが不意に口を開きます。

「なあ、ラッツ。スーパーラッツの代表が終わったあとはどうするんだ？」

「え？　それはもちろんお兄さんのお手伝いですよ？」

何を不思議なことを聞くのでしょうか？

「いや。それとは別だ。ラッツは自分のお店を持ちたかっただろう？　国営のお手伝いが終わったなら、普通に申請しておもちゃ屋でも開いたらどうだ？」

「あ」

そう言われて、なにか心がほっこり温かくなってきます。

うん。これは嬉しい。

「そう、ですね。でも、いいのでしょうか？」

「いいも悪いも。ラッツのやりたいことだろう？　それが原因で俺と別れたり、娘のことをほったらかしにするわけでもないんだろ？」

「あり得ませんとも!!」

あり得ない。お兄さんと別れるとか、娘をほったらかしとか!!

「なら、自由にやればいいさ。色々無理を強いているからな。ミリーやリエルはお酒や運動で色々発散してるだろうが、ラッツやエリスはあまり自分の希望を言わないからちょっと心配でな。やりたいことがあるなら遠慮しないでやるといい。俺たちもフォローはするからさ」

「お兄さん……」

いえ、正直十分幸せなんですが……こう、エリスの場合はお兄さんを食べることで発散していると言いますが……そんなこと言うと、押し倒しますよ!!

家に着いたら食べますよ!!

でも、おもちゃ屋さんですか。

うーん。家に帰ったら、お兄さんを食べる前に、構想をまとめておくべきですね。

アスリンにあげたうさぎさんを改良した、うさぎさんマーク2もいますし、あれをメインに……。

本当に、お兄さんといると退屈しないですね。

最高の旦那さんですよ。

落とし穴50掘：狩りと言ったら？

side：ユキ

時は20XX年、11月28日。

世界は、いや、日本は1つの転換期を迎えていた。

俺は異世界という稀な状況にはいるが、一番最初に取り付けた条件により、ネットが使え、日本の物資を仕入れることができる。

そう、俺はネットにより、最新の情報を手に入れ、日本の転換期、革命期を知り、その流れに乗ることができたということだ。

つまり……。

「くそっ。出ない……」

隣のタイキ君は悪態をついている。

その手にあるのは、二画面でタッチ式に対応している、世界に誇るおもちゃメーカーが出している携帯ゲーム機。

3TS、スリーツインスクリーンである。

そして、プレイしているゲームも、日本で大ヒットしている、狩りゲーム。

クリーチャーハンターズ。縮めてクリハン。

これで何作目か正直覚えていない。

ハードも何度か替わっているし、大体パワーアップ版の拡張がついたバージョンも出るので、かなり数が多い。

それでも、このゲームファンは減ることはない。

それだけ楽しいのだ。

で、このクリハンの最新作が本日発売。

その名もクリハンクロス。

よって、世界を渡ろうがオタクであることを貫く、現代日本人の鑑《かがみ》とも言うべき俺とタイキ君は、今日この日を待ちわびていたのだ。

もちろん、オタクでなくともクリハンだけはプレイしている人も多いので、つまり、今日この日は日本人が屈強なハンターとなる日である。

その一大イベントに俺たちが参加しないわけにはいかない。

というわけで、即時ルナに手に入れてもらったわけだ。

神の力で、前日発売とかにこっそり売っているのを手に入れて欲しいとか思ったりしたが、それはこのゲームを発売日に待ち望んでいる人たちに申し訳ないのでやめておいた。

俺は、ちゃんとしたゲームプレイヤーなのだ。

「で、何が出ないんだ？」

「納品用キノコ」

「ああ……つらいな」

「……この序盤の納品系、初心者にはいいんでしょうけど俺には苦痛ですよ」

「それは同意」

このクリハンだが、その名の通り、クリーチャーを狩って、狩って、狩りまくるのが売りなのだが、それだけでは人気の理由たり得ない。

準備として武器や防具を整えたりは当然で、回復薬や食料、罠など色々な要素が存在する。

文字通り狩りの準備をするのだが、要素が多いため、初心者にこの説明を省くと用意不十分で、大型のクリーチャーに手も足も出ないでやられることが多い。

このゲーム、従来の国産RPGのように甘くはなく、回復には制限があり、討伐《とうばつ》時間にも制限がある。

だが、焦って攻めてはかえって時間がかかる……のはまだいい方で、一定回数やられると、その討伐は失敗となる。

違約金まで支払う世知辛い話だ。

序盤には初心者の講習を兼ねたクエストがあるのだが、それをクリアしないと次に進めないのである。

それが、毎回このゲームシリーズに常連の俺たちには苦痛というわけだ。

特に嫌なのが納品系クエストだ。これは運がもの凄くいる。

普通ならポロッと出るアイテムがこういう時に出ないのはお約束。

さっさと次に進みたい熟練《じゆくれん》の俺たちとしては、苦行である。

……このクエストをクリアしても次の大型クリーチャーに膝を折る新人も多いのだが……。

「ま、頑張るしかないな」

「はぁ、武器さえ鍛《きた》えれば、防具は後回しで中盤ぐらいまではいけるんですけどね……」

「そりゃ、慣れている人たち限定だ。初心者はその時揃えられる最高の装備でもギリギリだぞ」

このゲーム、レベルという概念はなく、武器防具の性能が能力値の大半を占めていて、あとは自分の腕のみである。

本当に、己の腕が試されるのだ。

だから、上手い人は中盤ぐらいまで、武器さえ強くしていけばどうにでもなったりする。

まあ、本当に上手い人はノーダメージでやれるので、最終まで初期装備なんてこともできなくはない。が、それはただの非効率なので、ちゃんと装備を固めるのが普通だ。

そんなことをする人は、己の限界に挑戦したいという人物なので、ある種の人外である。

そのスーパープレイをいくつか見たことがあるが、できそうにない。

俺は準備を万端にして挑むのが好きなので、ギリギリで挑戦するのは趣味ではないのだ。

RPGで言うなら、推奨レベル10の所に20ぐらいで行くのが好き。

まあ、レベル上げが面倒なので15ぐらいとかで行くのだが。

「……今日は、ドッペルに全部任せるとか言ってたから何かと思えば……」

「本当です。何事かと思ったんですよ……」

そう言って、俺たちに呆れた視線を向けてくるのは、セラリアとアイリさんである。

2人の言った通り、俺たちは本日お仕事を休んでゲームをしている。

これは、オタクやゲーマーにとっては当然のことである。

発売日に休み、そして即日プレイをする。

これは絶対に破られることのない不文律であり、運命、約束された勝利である。

これを邪魔するものは神であろうが、悪魔であろうが瞬殺決定である。

しかし、この2人は異世界の人なので、そのような常識は知らなくても無理はないし、嫁さんなので許す。

というか、この2人だけでなく、身内には3TSとクリハンクロスを渡して、いまや家族総出でクリハンクロスに挑んでいる。

「言ったろ、息抜きも重要だって。セラリアもクリハンの新作はしたいって言ってたろう？」

「それはそうだけど……なにか間違っていないかしら？」

「何も間違ってはいない。家族団欒《だんらん》、楽しみに、何人たりとも邪魔はできんのだ」

「……そういうものかしら？」

「それに、このゲームはいい訓練になる。この世界で俺たちは圧倒的な力を有していて、実力が同じ、あるいは相手が遥かに強いという状況がほとんど存在しない」

「……そうね」

「だからこそ、このクリハンクロスで、相手が圧倒的に上回っている状況で戦わなければいけない時の訓練をするんだ」

「……」

セラリアの目がどんどんしらけている気がするが、セラリア自身もクリハンクロスは楽しみにしていたので、文句を言うつもりはないらしい。

とまあ、こういう嫁さんがいる一方で……。

「よし、そっち行ったよ」

「うん。任せて」

「囲んでフルボッコにする」

すでに運よく序盤クエストを脱して、３人仲良くノリノリで大型ボスと戦っているのは、リエル、トーリ、カヤである。

もともと冒険者や狩りをしていたので、クリハンとは相性がいいらしく、前作もかなりやり込んでいた。

「ぬふふ……これはまた珍妙な装備ですね」

「相変わらず序盤の収支がきついですね。いや、これなら後半も同じようにアイテムがあった方が……」

「うーん。この依頼はギルドでも使えそうね……」

「相変わらず、お兄さんの世界のおもちゃは、おもちゃを超えている気がしますよ。これは一種の技術の結晶じゃないですかねー」

そしてこちらは、別々にやっているのだが職業病みたいなものを発症している4名。

まず、鍛冶《かじ》が大好きなナールジアさん。彼女にとっては、装備品の形や能力がしっかり分かるこのゲームはある種のバイブルである。

次に、エリスは会計の仕事の関係上、ゲームでも収支に目が行きがちだ。

そして、ミリーは冒険者ギルドでの仕事の発注関連で参考にならないかを見ている。

最後にラッツは、日本の遊具、おもちゃを見ては感心して、新しい商品開発を考えている。

それでも、ゲームをしているのだから楽しんではいるのだろう。

「あー、すごいよ。仲魔でプレイできるんだって」

「すごいのです。ちっちゃくて、かわいいのにつおいのです」

「そうねー。でも、名前をスティーブにしたのは間違いだったわ」

「えーと、ラビリス。それはどういう意味で……」

ちびっこたちは、新しく仲魔を使って狩れる新機能に喜んでいるようだ。

まあ、ラビリスが言う通り、名前をスティーブにして活躍させるのは癪《しゃく》だ。

俺とタイキ君は仲魔でプレイするのは後になると思うけどな。

まずはいつも通り、人で狩る。

「うぐっ、やはり装備品が揃うまではつらいのう」

「デリーユは前に出すぎだってば。もっと見極めないと」

「そうですね。ゲームの中ではスペックは下がっているのですから」

そんなことを話しているのは、魔王デリーユ、勇者リーア、騎士ジェシカ。

なんだかんだ言っても、この3人は連携が上手いので、ピンチになりながらもクリアするタイプだ。

デリーユはいささか猪突猛進だが、体力がギリギリになってくると集中力を発揮して、見極めが鋭くなる。戦闘民族というやつだろう。

それをフォローして回るのがリーアとジェシカという図式ができている。

「……すごい。ユキの故郷はなぜこんなところに力を入れるのか。クリーチャーの動き方もすごく自然」

「そうですわね。で、ボーっとしてるとやられますわよ」

「ん。分かっている。でも動きが緩慢……」

「それは、私たちの体ではありませんからね。っと」

入って日が浅い2人はこれが初めてのゲーム体験なので、のんびりゆっくりやっている。

クリーナの言うように、クリーチャーなどの動きは、筋肉の付き方、骨格から調べてちゃんと違和感のないように作っている。

まあ、ビーム吐いたり、風圧で近づけないとかいうのは地球には存在しないが。

そこら辺は、娯楽に技術を尽くすという文化がないゆえの差だろう。

サマンサの方は、結構万能お嬢様のようで、ゲームもある程度やったら慣れたようだ。

呑み込みが早いのはありがたい。

「皆、一息入れませんか？　お茶を持ってきましたよ」

「ケーキもございます」

「私も一緒にやりたかったー」

そう言って、お茶とケーキを運んでくるのはルルアとキルエ、そしてサーサリである。

ルルアはどうもアクションゲームは苦手なようで、皆の勢いにはついていけず、一人で本を読んでいたのだが、いつの間にか、キルエを手伝ってお茶の用意をしていたようだ。

そのキルエは言わずもがな、メイド仕事をばっちりこなしている。

無論、子供たちは、一緒の部屋で仲良くおねむだ。

サーサリは先ほどまでクリーナとサマンサと一緒にしていたはずなのだが、状況を見るに引きずられていったか。

ということで、この年末差し迫った、今日この日。

うちの家族は皆でちゃんと、狩人になって、日本のよき文化に触れたのだ。

「……納品アイテム出ねー‼」

タイキ君ドンマイ。

第307掘：国を守護する者

side：ミリー

さて、本当に厄介ね。

メンバーの選出に入ったユキさん。

その間、私たちは色々準備に取り掛かる。

敵地のど真ん中に突入するのだから、脱出方法や連絡手段の確立などなど、やることはたんまりある。

ま、役割分担しているから、そこはさほど問題はないのだけれど……。

「あの……ミリーさん。具合悪いんですか？」

そう言って、お水を差し出してくるのは、ハウゼン食堂の看板娘、テレスちゃん。

そう、私は今、アグウストの王都に戻って再び情報収集をすることになった。

今回、霧華は別行動で情報を集めている。

と、いけないいけない。

どうやら、気にされるような顔をしていたようだ。

「あ、大丈夫よ。具合は悪くないわ」

「そうですか？　なら、何か悩み事ですか？」

「そうね。ほら、今回、戦争になりそうじゃない」

「はい。今も兵士さんが慌ただしく走り回っていますし……」

そう言って、テレスちゃんは、門の入り口に視線をやる。

そこには、えっさほいさと、大量の兵士が出たり入ったりしている。

結局、ヒフィー神聖国が攻めてきたと告知されたのは、ユキさんたちが偵察に出た後すぐだ。

イニスのお姫様はそこら辺はしっかりしているようで、巡回を増やし、街では目立った騒動は起きてはいない。

だけど、こうやって兵士が動いて物資を運搬していると、皆落ち着かないのだろう。

誰もが、時折、兵士の動きを目で追っている。

「このおかげで、夫との観光が遅れそうなのよ」

「ああ、そういうことですか」

運命は、何としてでも、アグウスト王都での新婚旅行をさせたくないらしい。

まったく、なんでこんな時に敵に前任者とか出るの？

ただの偵察で終わってくれればよかったのに‼

いや、銃とかあったからそう上手くはいかないと思っていたわよ？

でも、でも……。

そのまま押し倒して、ペロッといただいちゃおう作戦がー!!

「って、大丈夫なんですか!?　旦那さんと合流できていないってことは、いまだに外を旅しているんでしょう!?」

「ああ。それは大丈夫よ。方向は反対だから」

「そうなんですか。でも、大丈夫ですか？　今回のことで治安は悪くなっているって言いますし」

「そこら辺は心配無用ね。私の夫は強いんだから。盗賊が10人程度で囲んだって、どうとでもなるわ」

「ふぇー。凄いんですね」

本当にどうとでもなるのよね。

全員にブレイクダンスとかさせそうよね。

「お、なんだ。ミリーはのんびりしているんだな」

「あ、モメントさん。って、お姉ちゃんも!?」

私とテレスちゃんが話していると、完全武装で身を固めたモメントがこちらに向かってきた。

そして、その横にはテレスの姉で、この国の魔剣使いの1人、ラライナが立っている。

私は面と向かって会うのは初めてだけど……。

「知っているでしょう。私はここで旦那待ちなの。外に出てる場合じゃないのよ。で、そっちはお小遣い稼ぎかしら？」

「お小遣いって、ミリー、今回の給金見てないのか？　破格だぜ？」

今回のヒフィー神聖国への侵攻を前提と考えた傭兵の招集。募集はもう始まっており、その給金は通常の倍以上だ。

ま、傭兵たちにはいい稼ぎよね。

私にとってはどうでもいいけど。

「いいのよ。お金は稼いでるし、そこのライナさんが守りで精いっぱいな相手と戦うなんて、死にに行くようなものよ？」

「は？　どういうことだ？」

「え？　お姉ちゃんが？」

今回のヒフィー神聖国の侵攻は食い止めたことになっている。

竜騎士アマンダの活躍はいったん伏せられて、そこのライナが魔剣で押しとどめたというのが表向きの報告だ。

「貴様、何を知っている」

ライナは私の言葉に対して、否定も肯定もせずに、鋭い眼光を向けてくる。

ふむ。ここら辺はまあいいでしょう。

私がなぜこのようなことを言っているのかといえば、ユキさんからの指示で、この店に挨拶に来るだろうラライナに会って、力量の見極めをしてこいって言われたのよね。

使者として一緒に向かうのだから力量把握をしておくのは当然だけど、ユキさんたちがラライナと一戦交えるのは、相手にダンジョンマスターがいる状況で、どこに監視の目があるか分からないのでやめておいた方がいいという話になって、単独で動いている私がこうして挑発して、見定めをしているのだ。

「あら、否定ぐらいしなさいよ。自分たちより少数の敵相手に防戦一方だったんでしょ？　魔剣使いが聞いて呆れるわ。モメント、命が惜しかったら今回の従軍、やめときなさい。テレスちゃんには悪いけど、こんなへっぽこに付き合っていると、死ぬわよ？」

「やめてミリーさん‼　お姉ちゃんに酷いこと言わないでよ‼　嘘だよね？　お姉ちゃんが苦戦なんてしてないよね？」

テレスちゃんは姉に悪口を言い始めた私に対して、姉を庇《かば》うように、そして否定して欲しいように言葉を紡ぐ。

「……テレス、モメント殿、ここだけの話にして欲しい。士気に関わる」

「え、お姉ちゃん、本当に……」

「ミリーの言ったように防戦一方だったのか？」

「ああ。相手は新型の武器を持って私たちを攻め立てた。だが、その対策はすでに立てている。だから、心配はない」

ふむふむ、冷静に対処はできるようね。

彼女を使者にしても問題ないくらい、煽《あお》り耐性はあるみたい。

「もう一度聞こう。貴様は何者だ……これ以上その話をするのであれば、治安を脅かす者として捕縛させてもらう」

じゃ、次は実力を見せてもらいましょうか。

「答える義務はないわ。話についても自分たちの無様をさらしたくないのがバレバレ。国民の安全を守りたいというのであれば、正直に言うべきね」

なんてね。

情報封鎖は治安悪化の可能性があるから、イニス姫様の判断は問題ないと思うわ。

でも、こう言えば……。

「そうか、残念だ。ここで力ずくで捕縛させてもらう」

「できるかしら？」

私は椅子から立ち上がることもしないで、ライナを見る。

向こうも、私を様子見しているようで、腰に下げている二つの剣のうち、魔剣には手を出さず、ただの剣の方に手を伸ばして……。

「お姉ちゃんだめぇ‼」

「ふっ」

テレスちゃんの静止の言葉を合図に、鞘《さや》に収めたままの剣を、私に打ち付けてくる。

「うんうん。魔剣の力頼りではなさそうね。いい剣筋だわ」

でも、私にとっては脅威でも何でもないので、あっさり剣を手で掴んで止める。

「なっ!?」

「ええ!?」

「!?」

モメントとテレスは声をあげて驚いているが、ラライナの方は、すぐに剣を手放して、後方に飛び引く。

瞬間判断もOKね。

掴まれた剣を引き抜こうとするなら、そのまま引き寄せて叩き伏せていたから。

掴まれたという状況をちゃんと判断したということね。

圧倒的に、スピードも力も負けているから、椅子に座ったままでもこんな芸当ができるってことに。

私の力量を見極められなかったのは減点だけど、これはしょうがないか。

これを見極められたら、使者として向かった時に、相手の強さにどうしようもなくなるだろう。

ユキさんたちと一緒にいて無反応だったから、分かっていたことだけど。

「どうして、向かってこない」

「なぜかしら？　私は武器を振るわれたから、それを止めただけよ？」

「……そうか。ならこの場で話を聞くとしよう」

そう言ってライナは私の向かいの椅子に座る。

「私を捕まえるんじゃなかったのかしら？」

「私では捕縛は不可能だ。テレスの様子から悪人ではないと分かっていたが、ここまでとは思わなかった」

「そう？　その魔剣を抜けば分からないわよ？」

「そう思いたいな。だが、父さんの店を壊したくはない。ミリー殿だったか、改めてなぜその情報を知っているか教えて欲しい。私が来て初めて口にした様子だから、誰からか私の見極めでも頼まれたのか？」

思ったより鋭いわね。

うん、マーリィやオリーヴよりミストやエージル寄りってわけね。

使者としてはいいんじゃないかしら？

「はっ、なんで普通に座って話してるんだよ⁉」

「そ、そうだよ‼　お姉ちゃんに、ミリーさん、いったい何があったんですか⁉」

観客の2人の方が状況についてこれず、混乱しているわね。

「いや、ただのお遊びだ」

「そうね」

「お遊びって……」

「嘘だよ。お姉ちゃん本気で剣振ってた」

「それはそうだろう。一緒に訓練していた顔なじみだ。前にも言っていただろう？」

「ああ。それってミリーさんのことだったの？　でも、容姿が違うようだけど……」

「それはそうだろう。女性は美しさを求めて変わるものだ」

「……お姉ちゃんがそれを言うかな」

うん。

アドリブもいけるようね。

こちらに目配せもしているから、合わせてあげましょう。

「そうよ。ごめんね、テレスちゃん。このお店も実はライナからの紹介だったんだ」

「なんだー。それならそうと言ってくださいよ」

「そうもいかないわよ。ライナの名前を借りた悪党も多いでしょう？」

「そりゃな。だが、そんなことすれば親父さんが出てくる」

「あ、うん。そうだね。はぁ、驚いて損したよ」

そうやって2人が安堵《あんど》の息を吐いていると、店の奥から店主がやってくる。

「ふん。帰ってきたと思えば、いきなりお客様相手に乱闘寸前だ。普通ならげんこつの1つでも入れるところだが、この慌ただしい状況の中、顔を出したからにはそれなりの用事だろう。ほら、奥に入んな。テレス、店は任せたぞ」

「はーい」

「モメント。俺の娘にちょっかい出すアホがいたら……」

「分かってますって。ぶちのめします」

「もー。私1人で何とかできるってば」

そう言って、店主はライナを連れて店の奥へと……。

「なに座ってるんだ？　嬢ちゃんも一緒に来るんだよ」

「私も？」

「ああ。どうやら、あんたも当事者らしいからな。話はまとめて聞いた方がいい。それに、2人がかりなら、助けを呼ぶことはできるだろうよ」

「へぇ」

この店主さん、実力差を理解しているのね。

伊達にテレスちゃんやライナのお父さんってわけじゃないのね。

これは傭兵たちからも一目置かれるわけだ。

「そうね。積もる話もあるし、奥の方が話しやすいわね」

私も席から立って店の奥へ足を進める。

「すまない、店奥は普通に家でな」

そう言って、店主さんはお水を出してくれる。

でも、ちゃんと飲食店をしているだけあって、しっかり掃除がされていて、年季が入って古く見えるけど、綺麗な印象がある。

真剣にお店をやっているんだなーって感想。

「いえいえ。ちゃんと掃除が行き届いていて気持ちがいいですよ」

「そう言ってもらえると嬉しい。さて、いきなり本題に入って悪いが、ラライナの話から聞こうか」

「分かりました。ミリー殿は全部知っているようですし、実は……」

そして、ラライナは、先の戦いの事実を話し、自分がヒフィー神聖国の使者に立候補したことを伝える。

完全に簡潔《かんけつ》に、無駄なく話した。

なんというか、父子というより、上司と部下といった感じだ。

厳格に育てられたんだろうなー。

「話は分かった。そして、そちらのミリー殿の立場もな」

「どういうことでしょうか、父さん」

何が分かったのかしら？

私は小首を傾げていたのだが、店主さんは何かを悟ったような顔をしている。

「おそらく、お前が使者としてちゃんと使命を果たせるかどうかを見極めるために、あのような挑発をしたのだろう。陛下も人が悪い。が、納得はできる。今回の件は慎重にやらねばならない。どうかね？」

ああ、そういう解釈か。

むしろ当然かな。

ユキさんの指示というより、よっぽど納得できる。

「私も事情がありますので、詳細《しょうさい》は言えませんよ」

「うむ。承知している。あとは陛下次第だな」

「そういうことですか……。私はお眼鏡にかなったのでしょうか？」

心配そうに言っているが、私はユキさんの指示なので、何とも言えない。

個人的にはＯＫ。

ちょうどいい能力値だ。

使者としては合格点、万が一敵に回ってもどうにでもなる戦闘力。

総合的に都合がいい。

「しかし、ミリー殿のような手練れがいるとは思わなかったな」

「はい。剣を素手で止められるとは思いませんでした。でも、ミリー殿の噂は聞いたことがない。いったいどこから……」

「そうねー。明言は避けておくけど、一緒に使者として行く人たちに頼っておけば、そうそう悪いことにはならないと思うわ」

「他に誰か候補がいたのか？」

「いえ。私は知りません。一緒に来るのは、竜騎士アマンダ殿ぐらいですが、彼女はまだ学生ですし……」

「ふむ。まあ、陛下も何かしら手を打っているのであろう。ラライナ、同行者とは協力していけ。ミリー殿のお墨付きもある、頼って問題はあるまい」

「はい。では、許していただけるのですね？」

「うむ。いまさら可愛い娘を危険な場所に、などと言っても、止まるわけあるまい？」

「その通りです」

「ならば、使命を果たし生きて戻ってこい。死が潔いとは思うな。それが騎士、お前がなりたいと言った、国と主を守護する者の名だ」

「はいっ。では、魔剣使いラライナ、只今より、職務に復帰いたします‼」

「行って来い」

そう言って、店奥から出ていくラライナを見送る店主。

「あ、お姉ちゃん。どこ行くの？」

「仕事だ」

「えー、もう？」

「ああ。今は忙しいからな。今度帰ってきた時はゆっくりできると思うから、一緒に遊ぼう」

「うん。約束だよ」

そんな会話が聞こえる。

仲の良い姉妹のようだ。

「家にいる時はああなのですが、私の背中を追ったのか、小さい時から騎士になると言ってましてな。結局あんな堅物に育ってしまいました。運が良かったのか魔剣まで使えるようになってしまって……」

そう呟く店主は少し寂しそうで……。

「娘をどうかよろしくお願いします」

「はい。でき得る限り、彼女も連れて帰りますよ」

餌にするんだ、多少贔屓《ひいき》してもユキさんは文句なんて言わないだろう。

あの人は、甘いから。

……でも、前任者に異世界人が相手。どんな戦いになるか想像がつかないわね。

第308掘：使者

side：タイゾウ・モトメ

ある部屋の前に立ち、ノックをして扉越しに声をかける。

「ヒフィー殿。タイゾウです」

「どうぞお入りになってください」

部屋の主であるヒフィー殿の返事が聞こえ、私は扉を開けて中に入る。

「失礼いたします」

「お待ちしておりました。そちらにお掛けになってください」

相変わらず、綺麗なプラチナブロンドをなびかせている。見る人が見れば心を奪われるであろう美貌の持ち主だ。

まあ、私はそういうことに鈍いので、人として美しいぐらいの認識しかないが。

……師匠2人に至っては、雄雌《オスメス》呼ばわりだからな。興味のない人間は。

しかし、神を名乗り、実質ヒフィー神聖国のトップである彼女の部屋は、実に質素だ。

この部屋は大神聖堂にあるのだが、礼拝堂などとは違って煌《きら》びやかさは微塵もない。

だが、信者などが自らに課す修行や訓練のような感じもしない。

私も寺の修行僧の部屋を拝見したことがあるが、あれは、部屋に住んでいるのではなく、部屋に置かれている感じなのだ。私物がほぼ一切なく、部屋自体にも、本当に何もない。部屋と人、それをただ置いただけの場所なのだ。

結局、なんと言えばいいのだろうか……。

このヒフィー殿の部屋は……そうだな、慎ましい。私が子供の頃に家族と過ごしていた、貧乏くさい家の感じがするのだ。

ヒフィー殿は子供もいないので物は多くないが、置いてある箪笥《たんす》や棚は確かに人の営みを感じさせる。

部屋干ししているであろう手ぬぐいを見ると、なんとなくそんな感じがするのだ。

「どうぞお茶です」

「どうも。いただきます」

そんなことを考えているうちに、ヒフィー殿がお茶を出してくれる。

……神かどうかは知らないが、一国のトップとして、こんなところに住んでいるのはどうかと思うのは、これで何度目か。

「まだ困惑がありますね。私の部屋は慣れませんか？」

「申し訳ない。私の感覚が追い付いていないだけです。ヒフィー殿の姿勢には尊敬の念がほとんどですね」

「それ以外は？」

「もうちょっと贅沢《ぜいたく》をしても誰も文句を言うことはありませんし、何も問題はないでしょう」

「ふふっ、正直な方ですね。しかし、私にはこれで十分なのです。私の個人的な趣味というやつですよ」

そう。この部屋、実は宗教上の理由でこのような形になっているのではなく、ただヒフィー殿の私室なだけだ。

ヒフィー教というのは「幸せを目指し、協力し、手を取り合って生きていこう」というだけの宗教である。

便宜上ヒフィーという神を崇めているが、それも強制ではない。

祝詞や御経もなく、ただ礼拝堂に来ては少し祈って終わり、という宗教だ。

自宅に神棚や仏壇を置くような習慣もない。

……ほとんど縛《しば》りが存在しないのだ。

よくこんな宗教で一国を名乗れるほど大きくなったものだと思う。

まあ、こんな宗教だからこそ、どこに信徒がいるのか分からなくて、前体制は崩れ、ヒフィー教主体の国家になったのだろうが。

今の体制のきっかけを作ったというヒフィー殿の話は興味深かったが、建国したのが300年ほど前だから、前のヒフィー殿のことだろう。

彼女はまるで自分が当時その場にいたような話し方をするから聞き入っていたが、冷静に考えれば、そんなに人が長生きできるわけがない。

だからおそらく、ヒフィーという名は襲名で引き継がれていく類のものだと納得した。

「祈りを強制させては、それは束縛です。修行などを課すのは自分のためであって、ヒフィーの教えではありません。まあ、修行や練習などは実を結べば、皆の力となりますから、各々で教え、教えられてはいますが。人が人と協力し合うことを促す。それがヒフィーの教えの大事なところであり、それだけなのです」

「それを普通に言えることを、私は尊敬いたします」

普通なら、国の上に立てば立つほど問題が起き、綺麗事を言っていられなくなる。

しかし、彼女はそれを、私から見れば本心で言っている。それは凄いことだと思う。

「ありがとうございます。でも、質素だと言われましたが、タイゾウ殿には言われたくありませんね」

「はて？　なんのことでしょうか？」

「起きて半畳、寝て一畳。と、さすがに私でもそのような部屋はご免蒙《こうむ》ります。研究の部屋だけでいいと言われた時は驚きましたとも」

「……いや、お恥ずかしい」

人間、起きている時に使うスペースは畳半分、つまり半畳。そして寝る時はちょうど畳一枚分、つまり一畳。

この言葉の意味は本来、必要以上の富貴を望むべきではなく、満足することが大切であるという意味だが、見ず知らずの場所に呼ばれた私としては、どこまで要求していいのか分からないので、削っていい部分、つまり、寝所と私室を減らして、研究に充てたいと思ったのだ。

「しかし、この言葉はヒフィーの教えと似ている部分があります。欲を求めるのではなく、満足する日々を送ることが大事である。とてもいい言葉だと思います。これを目標として掲げてみようかしら？　それらしい言葉はなかったですから」

「申し訳ない。それはやめていただきたい」

保身のために口走ったことが、至言になるのは勘弁願いたい。

「あら、それは残念です」

「……で、そろそろ本題に入ってよろしいでしょうか？」

「はい。私が相談したいことがあり呼びつけたのですから」

コロコロ笑っていた彼女は一瞬で無表情になり、眼光が鋭くなる。

さすがに一国のトップというだけあって、切り替えは素早い。

「アグウストから使者が出たようです」

「ほぉ。思ったより慎重ですな。怒り心頭ですぐに攻めてくると思っていましたが」

「ええ。私も予想外ではありますが、これはタイゾウ殿が考えていた予測の1つではあります。

しかし、この使者が厄介なのです」

「厄介、ですか？　道中を襲撃して、遺体を送り返せばどうにでもなるでしょう」

私たちの今回の目的は、自陣、つまり自国で整えた戦場に敵を引き込み殲滅することだ。

敵がそのまま攻め込むならよし、使者を出してこちらの動きを探ろうというのなら、その使者は処刑して送り返せばいい。

「それができないのです。こちらを……」

そう言って、彼女が取り出すのは、掌ほどの大きさの水晶玉。

そこにはある映像が映っている。

「コメット殿の使い魔ですか？」

「はい」

私も最初は心底驚いた。

魔術というモノがこの世界では当たり前に存在していて、立派に軍事利用もされていた。

そして、その魔術を物に込めて、特殊な力を発揮する魔道具。

それらを作り出せるコメット殿はある意味、私と同じ研究者という立場なのかもしれない。

いずれ落ち着いたら魔術もかじってみたいが、今はこの国を盛り上げる方が大事だ。

そんなことを考えていると、命令が伝わったのか、鳥の使い魔が視界を空へと向ける。

空？　なんでまた――

「これは、飛龍ですか？　檻のようなものを下げて、人が乗っているように見えますが……」

　水晶玉には、話で聞いた飛龍と思しきものと、それが運搬する檻と人が見えていた。

「いえ。竜種ではありますが、飛龍より格下のワイバーンです。連れている人の顔は確認できませんが、旗をなびかせているので、そこから察するにアグウストだと思います」

「……なるほど。これでは道中を襲うことは不可能ですな」

「はい。そしてこのワイバーンが、かの竜騎士らしいのです」

「竜騎士？　ああ、アグウストを偵察に行った時にランサー魔術学府でそんなものが誕生したと報告がありましたな。そこからの援軍ですか」

「……おそらくは。で、どうしたらよいか相談したかったのです。ワイバーンごとき、どうにでもなりますが、大神聖堂がある聖都で暴れられれば民に被害が出ます」

「……確かにそうですね。首都で被害が出れば国民の意識も反戦へと傾いてしまう。かと言って、無理やり始末しても、遺体を送り返す作業も考えると面倒ですな。時にこの竜騎士、砦を襲撃した時に現れた飛龍たちとの関係は？」

「ないでしょう。あるのであれば、飛龍を従えてくると思います。相手とて話し合いだけで済むなどと楽観はしているはずがありません。すぐに攻撃、離脱できる戦力を向かわせると思います」

「道理ですな……ふむ。ならば使者の殺害はやめて、普通に使者として受け入れてはどうでしょうか？」

「普通に受け入れる、ですか？」

「はい。まあ、我が国に攻め込ませるように話を持っていく必要はありますが。こちらとしても、首都で暴れられることは避けたいですし、竜騎士の力も未知数です。危ない橋は渡るべきではないかと。何より、中立を宣言しているランサー魔術学府からの人物なので、生かしておいた方が各国にヒフィーが敵対したと知らせるいい宣伝になるでしょう」

「なるほど。確かにそうですね」

「まあ、降伏の使者だったりするかもしれませんが」

私がそう冗談交じりに言った言葉に、彼女はすぐに反応して……。

「あり得ません。奴らはゴミです。排除すべき、この世界に存在してはいけない生き物なのです」

バキンッ。

そんな音と共に、ヒフィー殿が握っていたカップが割れる。

割れたカップからお茶が漏れ出し、机に広がり、縁に到達して床に零れ落ちる。

「失礼いたしました。無配慮な物言いでした」

「いえ。私も過剰に反応してしまい、申し訳ありません。私の相談は終わりです。ありがとうございました。おそらく、タイゾウ殿の提案通りに行うと思います」

「そうですか。お力になれたのなら幸いです。では、片付けを……」

「大丈夫ですよ。私が片付けます、自分のしでかしたことですから。お忙しい中、どうもありがとうございます」

そう言われて私が手伝いをするわけにもいかず、部屋の外へ出る。

「陶器の破片には気を付けてください」

「はい。お気遣いありがとうございます。自分のしでかしたことは自分でどうにかするのが当然です。怪我ぐらい何ともありませんよ。自分で綺麗に治せますし」

「ははっ。それでは侍女たちも仕事が減りますな。いや、魔術とは便利だ。と、また長話になりそうですな。私はこれで失礼いたします」

「はい。ではまた、夕食にでも」

そう言ってヒフィー殿の部屋から遠ざかる。

部屋からはかすかにカチャカチャと破片を集める音が聞こえ、足を止め振り返る。

「……自分のしでかしたこと。か、まあ、それも当然か」

結局のところ、ヒフィー殿も、コメット殿も、この世界の人々も、何ら私たちの世界の人々と変わらないのだ。

だから私は自分ができることをやっていこう。

side：ユキ

寒空の中、後方に置いて行かれる鳥を見つめる。

……監視は追いつけないか。

しかし、定期的に使い魔らしき鳥獣がいるから、配備して監視している感じだな。

相手方にダンジョンマスターがいて、なおかつ監視にも力を回せる。

……厄介だ。色々想定して対策は立ててきたが、心配になる。

まったく、情報が足りないのは怖いわ。

まあ、それはいいとして……。

「勢いで頷いちゃった……エリスさん、ごめんなさい」

「いいのよ。大丈夫、ちゃんと皆で帰りましょう」

「うう～、エリスさ～ん‼ ごめんなさい、こ、子供さんになんて言えば……」

「大丈夫よ。大丈夫だから、泣き止んで」

そう言ってエリスに抱き着くのは、かの竜騎士アマンダ。

それを必死にあやすエリス。

なんでこんな状況になっているのかというと、予定通りに王様を王都へ送り届けた後、竜騎士としてさらなる協力を頼まれ、それをその場の勢いで承諾《しょうだく》してしまったのが原因だ。

熱が冷めて、今になって巻き込んだ俺たちに泣きながら謝っているということ。

わざとその勢いを止めなかったんだけど、アマンダとしては、自分の意思決定で俺たちが動くとポープリから聞いているから、自分が巻き込んでしまったと思っているわけだ。実際は俺たちが巻き込んでいる図式なのだが。それは言わぬが花である。

というか、一番危ないのは生身で竜騎士のアマンダだ。次に生身のエオイド、そしてアンデッドの材料になりそうな魔剣使いライナ。

俺たちは基本的にドッペルなので問題はない。まあ、制御が奪われたらどうしようもないが。そこら辺は対抗策を講じているので何とかなると思いたい。

「……やはり、竜騎士といってもまだ学生なのですね」

そう言って俺に近づいてくるのは魔剣使いライナ。

ミリーの話から、使者としては問題ないと聞いているが、竜騎士アマンダの状態を見て少し不安の色が見える。

まあ、身内にあんなに情緒不安定なのがいるのは使者として不安だよな。

「大丈夫ですよ。少しすれば落ち着きます」

「そうだといいのですが……。しかし、あなた方は本当によかったのですか？　ただの雇われ傭兵が、いくら魔術学府の学長に信頼されているとはいえ、交戦中かもしれない敵国に乗り込むなど、あまりにも危険かと思いますが」

「そうですね。ですから、今回の護衛は少数、かつ動きが機敏な者に絞っていますし、わざと学府から他国の学生を引っ張ってきたのです」

「……確かに、アグウスト以外の大国のサマンサ殿、ジェシカ殿もおられますし、そういった意味では安全かもしれませんが、護衛が、その……」

「頼もしく見えませんかね？」

「……申し訳ない。正直に言ってそう思います。ユキ殿、リーア殿、タイキ殿、エリス殿、クリーナ殿はどう見ても線が細い。陛下や学長が押しているのだから、実力は確かだろうとは思いますが、相手がどう動くか」

そう、今回のメンバーはこれだけだ。

まずは、最少戦力で様子を見る手段を取る。

一度に全部のドッペルが制御を奪われたら事だしな。

さすがに、アスリンたちは連れてこれなかった。今回、涙目になるだけで分かってくれたのは、成長している証だろう。

「そこら辺は見解の違いでしょう。私は陛下から使者として威圧しないようなメンバーをと頼まれましたし、使者を見た目で侮るぐらいの相手なら、やりようはいくらでもあるでしょう」

「……そういうことですか。しかし、有事の際は私も逃げることに徹しますので、ユキ殿たちを助ける余裕はないかもしれません」

「はい。ラライナ殿は自分の身を最優先に考えてください。私たちは最悪、ラライナ殿と竜騎士アマンダとその夫のエオイドを逃がせればいいのです」

「……分かりました」

ま、そうなってくれれば、自由に暴れられるからやりたい放題なんだけど。

相手はどういう手で来るかな？

第309掘：話し合い　表

side：ラライナ

「どうぞこちらへ」

そう言って、ヒフィー神聖国の司祭殿が廊下の奥へと歩いていく。

私たちはその後について行く。

さあ、道中も緊張したが、これから本番だ……。

交渉の席に向かうのは、私、竜騎士アマンダ殿、サマンサ殿、クリーナ殿、ジェシカ殿、エリス殿だ。

残りのユキ殿、タイキ殿、リーア殿、エオイド殿はワイバーンの番に残っている。

しかし、先触れを出したとはいえ、聖都まで直接ワイバーンで来たというのに、市民には慌てた様子がない。

……それどころか、一目ワイバーンを見ようと集まってくる者が多かった。

案内をしている司祭もピリピリした様子がない。

まるで、戦争が起こっていることなど知らないといった感じだ。

……これはやはり、陛下が言う通り、あの500の兵はどこかの国が仕掛けた罠だったのだろうか？

廊下ですれ違う人たちはもこちらに敵意はなく、普通に笑いかけて頭を下げてくる。

その姿を見るたび、戦争というイメージが私の中から抜け落ちていく感じがした。

これなら、何事もなく戻れるだろうか？

平和は保たれるのだろうか？

そんな期待を抱いていた。

「よくぞいらしてくれました。ラライナ殿」

通された部屋にはすでに、ヒフィー神聖国の長で、ヒフィー神の名を拝命しているヒフィー神聖女がいた。

神聖女。仰々しい名前だとは思うが、彼女はその名に恥じぬ治癒の力を持っており、各国から重病者が訪れるほどだ。

しかし、その力を使って地位や名誉を求めてはいない。

今の地位は神聖国の国民全員の推挙という、信じられない手段で選ばれており、その信頼を如実に表すように、彼女の治療に貧富の差など関係ない。

ただ純粋に彼女は命を救っているのだ。

国が揺らぐような場合のみ、治療の優先順位が変わるという。

だからこそ、陛下はこのたびの争いに違和感を覚えたのだろう。

私もここまでに至る道のりで、その違和感を大きくしていた。

怒りに任せ、神聖国に攻め込まなくてホッとしている。

だって、彼女はいまだ神聖国のトップであり、戦を起こす理由など存在しないのだから。

これは、完全にどこか第3国が裏で手を引いていると思うべきだろう。

無駄な血が流れなくて本当によかった。

「このたびは、急な訪問に対応していただき誠に感謝いたします」

「いえ。アグウストには色々お世話になっていますし、当然です」

その言葉を聞いて私は確信した。

神聖国は敵でないと、だからこそ、今回のことを詳しく伝えなければ。

「先触れで大方のあらましは伝わっていると思いますが……」

「ヒフィー神聖国を名乗る兵士がアグウストへ攻め寄せたとか？」

「はい。しかし、それはどうやら間違いのよう──」

しかし、私の言葉は遮られ……。

「いいえ、ヒフィー神聖国の兵で間違いありませんよ」

彼女は、にっこりと笑いながらそう言った。

「え？」

理解が追い付かない。

彼女は何と言った？

なぜ、そんな笑顔であんな言葉が出る？

聞き間違い？　そうか、聞き間違いにちが――

「聞き間違いなどではありません。今この場で、私自ら宣言いたしましょう。ヒフィー神聖国はアグウスト国に対して、宣戦を布告いたします」

彼女の笑顔は変わらない。

……その姿に無性に腹が立った。

「ヒフィー神聖女様‼　ご自分が何を言っているのかご理解できておいでか‼」

私は反射的にテーブルを叩いて彼女を怒鳴りつける。

「ええ。理解していますよ。そちらこそ、自分たちの立場が理解できていますか？　次は手加減しませんよ？　飛龍などという偶然も続くとは思わないことです」

「……本当にあの戦いを知っているのですね？」

「たった500の兵に倍以上もの兵士が防戦一方。そんな国に大国の名前は重いでしょう」

彼女は本当に知っているようだ。

あの時の数や状況を言い当てるなど……報告を受けたとしか思えない。

落ち着け、落ち着くんだ。

何も予想は外れていない。

想定の1つだ。

だから、落ち着いて相手の真意を問いたださなくてはいけない。

「……そちらの宣戦布告は分かりました」

「それはよかった。どうぞ、すぐに引き返して、アグウスト8世にお伝えください。その首を獲りに行くと」

……なぜ笑顔でそのようなことが言える？

気持ち悪い。なぜだ、なぜこんなに気持ち悪い？

私はその気持ち悪さを必死にこらえて、口を開く。

「紹介が遅れましたが、こちらはかのワイバーンを従える竜騎士アマンダ殿」

「ど、どうも、初めまして」

「はい。初めまして。そこまで緊張しなくて大丈夫ですよ。ここからは無事に出られますから。ちゃんとアグウストを落とした後は学府も落としますので、こう学長にお伝えください」

緊張でガチガチになっているアマンダ殿に、優しく声をかける。

しかし内容はあまりにも酷い。

抑止力になればと連れてきた学府所属の竜騎士アマンダに対しても、よどみなく敵対宣言をしている。

「コメットの腰巾着に相応しい引き籠り。必ず引きずり出してあげるから。と、ポープリに」

そして笑顔で学長、大魔術師ポープリ名指しの言伝を言う。

そのあまりの異様さに、アマンダ殿は泣きそうな顔になりながらも顔を上下にして頷く。

「……次は私ですわね。ローデイからの学生であり、公爵家の娘のサマンサと申します」

「はい。これはご丁寧に。どうぞ、ローデイ本国にお伝えください。ヒフィー神聖国はアグウストを攻め落とすことに何も変わりはありませんと」

「私たちが介入してくるかもしれませんわよ？」

「できるものならばどうぞ？　学府を挟んで、わざわざ反対側に出兵するメリットがあればですが。色々自国の内輪もめで大変でしょう」

「……その言葉は、ローデイに対しての宣戦布告と受け取ってよろしいでしょうか？」

「ええ。どのみち小国である私たちがアグウストを落とした後に揉めるのは目に見えていますから。そちらのジルバの騎士殿も同じようにお伝えください」

「承知いたしました。私の名はジェシカといいます。以後交渉役として務めることもあるでしょう。その時はよろしくお願いいたします」

「はい。その時はよろしくお願いしますね」

何が目的か分からない。

なぜ、大国の使者たちを相手にここまでケンカを売れる？

確かに、すぐにヒフィー神聖国へ攻め入ることはできないだろうが、ここまで馬鹿にされれば、出兵は確実なものになる。

それでは、いくら新兵器が強いとはいえ、兵力や物資で圧倒的に負けている神聖国に勝ち目などない。

聞かなくては。なぜ今まで友好国だったヒフィー神聖国がこのような行動に出たのかを。

停戦に繋がるヒントは何かないのか。

「ヒフィー神聖国の意思は分かりました。しかし、お聞きしたいことがございます」

「はい。お答えできることでしたら、お答えしますよ？」

「何が目的でこのような行動を起こしたのかお教えください。貴国、いえ、ヒフィー神聖国は民を救うことを是としていたはず。その代表、トップである神聖女の貴女がなぜ、このような多くの民の血が流れるような行動に出られたのか？　私は納得がいきませぬ。どうか、お教えください。何が目的で、原因で、このようなことになったのですか？　お互いに勘違いがあるやもしれません。まずはそこをお聞かせください。そうすれば、争い合うことなく済むのでは……」

そう、私は願いたかった。

この争いは不幸なすれ違いで、なくて済むものだと。

……縋《すが》りたかった。

だが、私の言葉は最後まで聞かれることなく……。

「聞くに堪えませんね。分かりきっているでしょう？」

そんな底冷えした声が、笑顔を消した彼女から出ていた。

「昔から血を流し続けたあなた方が言う言葉ではありませんね。私がいくら尽力しても、血を流すことをやめなかったのはあなた方ではないですか。私たちが必死に争いをやめてと声を上げても、ずっと無意味な争いを続けてきたではないですか。私がこれから流す血と、あなた方、愚か者共に任せて永遠と続く流血。どう考えても私が動く方が少ないと思いますが？」

「……どういう」

理解が追い付かない。

今だって、確かに血は流れているが、今回の戦いはそれ以上になる。

それが分からないわけないはずだ。

「はぁ、お馬鹿ですね。最初から言っているではないですか。大国などと周りから呼ばれても、結局はちまちまと領土争いで血を流し続ける愚か者共に、もうこの世界を任せるわけにはいかないと言ったのです。あなた方は手を取り合わず、無意味に流血しているではないですか？」

「……ヒフィー神聖国がそれを成すと？」

「はい。もう400年以上も前からその愚かしいふるまいを見続けていましたが、もう終わりです。お前ら人を信じたのが間違いだったということが分かりました。長い回り道をしましたが、私自らが立たなければ、本当の平和は訪れません」

「それが、今回の争いの理由ですか？」

「信じられませんか？　ですが現実です。ラライナ殿がこの聖都を発《た》った後、即時、軍を動かし、アグウストを攻め滅ぼします」

「そんな、それでは民が巻き込まれる!!」

「それがどうしました？　呼びかけても、お前らゴミ共が封殺するのでしょう？　あるいは言っても聞かない愚か者か。どちらにしても、これは必要な流血です。お前たち貴族という、人や国を治めたと粋がっている生物をこの大陸から消去します。だって、役に立ってないでしょう？　ラライナ殿だって、民を守ると言いながら、その民を戦の道具にしているではないですか？」

「そ、そんなことは……」

そんなつもりはない。ないが、ヒフィー神聖女の言う通りそのように見えても仕方がない。

でも、いつか争いのない日を夢見て、剣を手に取ったのだ。

「まあ、愚か者共を責めても仕方がありません。世界を平和に導く知能も力もないのですから。ないものを求めても仕方ありません」

「できるというのですか？　この小さなヒフィー神聖国が、大陸を一つにまとめると……」

「ええ。できるから今回の事を起こしたのです。もう話はいいですね？　理解を求めてはいません。ただ、私は貴女の質問に答えただけです」

「……」

私はそれ以上言葉を継ぐことができなかった。

彼女の言葉は、ある意味真実であったから。

それは、誰もが夢見て、諦《あきら》め、折り合いをつけること。

だけど、彼女はその夢に手が届くと思ったから、今回の争いを起こしたという。

……これは止められない。

言葉では、絶対止まらないということだけが分かってしまった。

「止めたければ、あなたたちが大好きな『力』で従わせてみなさい。いつもあなた方がやっていることです。簡単でしょう？　私の国の治療魔導士を借り出して使い潰していたように、今度はどこかよその国を頼るといいでしょう。もう、お前らに大事な民を任せることはない」

彼女のその言葉に私は意思を感じた。

激しい怒りを、そして悲しみを。

そうか、これが根源か。

私たちは、頼りすぎたのか、彼女の国民を使い捨てのように使って、見切りをつけられた。

……ただ、それだけのこと。

「自らの後始末ぐらい、自分の命で拭ってください……。ああ、長旅でお疲れでしょう。部屋は用意してありますので、今日のところはそちらでお休みください。では、ご案内を」

私たちは、案内されるがまま、彼女の視線を背中に受け、部屋を出て行った。

side：ジェシカ

「ラライナ殿？」

「……すまない。少し、1人で考えさせてくれ」

一応様子を見にラライナ殿の部屋へ赴いたが、予想通り、ヒフィー神聖国側の物言いに困惑しているようだ。

これは本人の言う通り時間を置いた方がいいと思い、ラライナ殿の部屋を離れようとすると、サマンサがこちらに歩いてきていた。

「どうですか？」

どうやらサマンサもラライナ殿の様子が気になったらしい。

まあ当然か。あの物言いにはさすがに私も驚いた。

「少し1人にして欲しいそうです」

「……そうでしょうね。私の耳も少し痛かったですわ」

「私もです。しかし、普通なら届かぬ夢ですから……」

「……性質が悪いですわね。ダンジョンマスターに異世界の人間。それもユキ様と同等の文明知識を携えた者がいる」

手が届いてしまったのだ。

他国を振り落とし、追いつけぬほどの力を彼女は手に入れた。

手に入れてしまった。

「サマンサ。エリスとクリーナは？」

「エリスさんとクリーナさんはアマンダを落ち着かせているところです。ヒフィー神の言葉を聞いて、揺さぶられているみたいですわ」

「そうですか。しかし、サマンサも同じものを見たようですね」

「ジェシカもですか。ならほぼ決まりですわね」

「ユキは異世界人の方と会っているようですし、戻ったら緊急会議ですね」

「緊急すぎますわね……はぁ」

私たちはラライナ殿護衛の他にもう一つ仕事があった。

誰が、本当の黒幕なのかを調べること。

ダンジョンマスターであるコメット殿か、それとも異世界人なのか……。

それとも、まだ知らぬ人物なのか。

だが、その予想はいささか外れて大物が出てきた。

「まさか、神が自ら国を率いているとは」

「求心力は納得ですわね。でも、相手にするには非常に厄介ですわ」

そう。

おそらく、今回の大元は、あのヒフィー神聖女だ。

彼女を鑑定で調べると……。

・ヒフィー神：平和と癒《いや》しの神

そんな文字がステータスに記載されていたのだから。

第310掘：話し合い　裏　前編

side：ユキ

「あの、俺たちはどうするんですか？」

アマンダを心配そうに見送ったエオイドがそう口を開く。

まあ、仕方ないよな。

思いっきり敵陣の真ん中だし。

「ま、とりあえずエオイドはその顔をどうにかしろ。俺の嫁さんたちもついているし、おまけに魔剣使いのラライナ殿もいる。何かあってもちゃんと戻ってくる」

さすがにおどおどしすぎなのでエオイドを落ち着かせる。そうしておかないと変な行動を起こしそうだ。

こっちがトラブルを起こしました、なんて目も当てられない。

「ユキさんの言う通りだな。落ち着かない表情だから、何か企んでると思われるぞ」

「そんなふうに見えますか？」

「「見える」」

「見えますね。ま、アマンダが心配なのは分かりますけど。もっとどしっと構えていればいいですよ」

俺とタイキ君、そしてリーアの言葉でがくっと肩を落とす。

「すいません。でも、下手するとここで戦闘ですよね……」

「だな」

「よく平気でいられますね」

「ピリピリしても相手を警戒させるだけだしな。こういう時は自然体の方がいいんだよ。逆にそっちの方が相手を警戒させないし、向こうの動きもつかみやすいからな」

「そういうものですか」

「そういうものだな」

ワイバーンのワイちゃんの監視に残った俺たちは、そんな雑談をして時間を潰していた。

周りには俺たちというか、ワイバーンを見張るように10人ほど兵士が見張っている。

エオイドがピリピリするのは分かるが、お互いに警戒全開じゃ、変な誤解で問題に発展しかねない。

ここは、さっき言ったようにのんびり自然体でいるしかない。

幸い、いまだ俺たちドッペルへの干渉《かんしょう》行為はない。

向こうは、俺たちの防壁に引っかかっていると見ていいだろう。

さて、どこまで様子を見ているつもりか。

こっちから出向く必要があるか？

そんなことを考えていると、ライナたちが消えた方向とは別の場所から1人の男が歩いてくる。

「ユキさん、あれ……」

「マジかよ……」

タイキ君もその姿を確認して俺に声をかけてくる。

俺もその姿に唖然《あぜん》とする。

「どう見ても軍服ですよね？」

「ああ。幸いと言ってはなんだが、あの軍服は見覚えがある」

「俺もですよ」

それは、昔の日本の軍服。

第二次世界大戦、その時に着られていた軍服だ。

「時間軸《じく》すらズレているみたいだな」

「……召喚って厄介ですね」

まったくだ。

相手が完全に、情報統制、洗脳教育で大日本帝国万歳なら、黒幕は目の前に歩いて来ている男の可能性が非常に高い。

誠に残念ながら、この世界の文明、知識レベルは地球に比べて格差がある。

二次大戦時と比べてもでもだ。

階級章を見ると少尉……士官かよ。教育はばっちりだなこりゃ。

そんなことを考えていると、男は周りの兵士と話して、俺たちの目の前で止まる。

リーアはすぐに動けるように警戒している。

エオイドはお偉いさんが来たと思って緊張しているみたいだ。

「初めまして。私は、ヒフィー神聖国で技術開発の所長、それと、ヒフィー殿、いや、ヒフィー神聖女様の参謀《さんぼう》を務めている、タイゾウ・モトメだ。君たちには本目泰三と言った方がいいかな？　我が同郷の若者たちよ」

その男は特に堅苦しい敬礼などはせずに、普通に笑いかけて話してきた。

予想通りこっちの人間だったか。

この国の軍服がたまたま二次大戦の日本の軍服と酷似している、とわずかに期待していたが、そら都合がよすぎたか。

「日本人……なんですか？」

タイキ君が確認するように言葉を返す。

「うむ。その通りだ。しかし、よかった。話しかけておいて相手が中の人であれば話し合いにならぬからな。我々はそれだけのことをしている。特に軍人の私ならばな」

……それは大陸への出兵のことか。

確かに、日本人と大陸の人は区別がつきにくい。

万が一大陸の人だった場合は、今でも残る反日感情で話し合いにならないかもしれない。

ますますこの本目さんが二次大戦の人の可能性が高いな……。

「すまないが。君たちの名前をうかがってもいいだろうか？」

「あ、すいません。俺は中里大輝って言います」

「私はユキと呼んでください」

「私のことは、本目、泰三、好きに呼んでくれ。しかし、中里君はいいとして、君のユキという名前は……」

「本名は別です。自分から異世界人と言うのは危険と考えたので、ユキと名乗っています」

「確かにな。それも一つの手段だ。君の本名をいずれ聞ける日が来ることを祈ろう」

名前の隠蔽にも理解を示すか。

……有能すぎじゃね？

当時の軍部って石頭だろ。

いや、例外はいるかもしれないけど、都合よくそんな人に当たるとは思えんからな。

「あ、あの、ユキさん、タイキさん、この人はお知り合いですか？」

「ん。ああ、同じ国の出身の人だよ。こちら、使者のエオイドです」

「よろしく」

「はい、よろしくお願いします。ユキさんやタイキさんにはお世話になっています」

「そうか。彼らと仲良くしてくれてありがとう」

普通に挨拶を交わす本目さん。

「で、そちらの甲冑を着たお嬢さんは……」

「私の名前はリーアと申します。ユキさんの妻を務めています。どうぞよろしくお願いいたします」

リーアはよどみなく、はっきりと返事をする。

「ほう、ユキ君は結婚済みか。これは何かしらお祝いを贈った方がいいかな？」

「いえ。ずいぶん前の話ですし」

「ふむ。それは残念だ。まあ、結婚祝いでなく、ただの知り合いの贈り物ということにしておこう。しかし、結婚しているとなると、君もこちらに来て長いのか？」

「私は2、3年と言ったところですね」

「俺は5年近くですね」

「ふむ。私は8年と言ったところだ。おかげでいい歳のおっさんになってしまったよ。と、すまない。ここで長話をするのは何だな。お茶でも飲める場所へ案内しよう」

「あ、でも……」

エオイドが心配そうにワイちゃんに視線をやる。

まあ、逃げ出すために必須だからな。普通ならここから離れるのは危険と考える。

「心配はいらないよ。戦争になるかもしれないが、今は使者として扱っている。そのような非礼をすることはない。ましてや私の祖国の人間も使者にいるのだ。そのようなことは私が絶対させない。都合よく私はここの兵士たちに命令できるくらいには偉くてね」

本目さんは、兵士たちに振り向き、大きく息を吸い込み、言葉を吐き出す。

「いいか。何があっても決して竜に手を出すな‼　この竜は我らの客人のものであり、使者である。そして、我が祖国の友人も来ている。決して非礼がないようにしろ。いいな‼」

「「「はっ‼」」」

本目さんの指示に、ビシッと敬礼して返事をする兵士たち。

「これで心配ないと思ってくれないか？　なに、万が一があれば私も君たちの味方になろう。その証拠に……」

腰に下げていた、刀をエオイドに差し出す。

軍刀ではなく刀。もともとしっかりした家の人か？

「えっと？」

エオイドは不思議そうに、とりあえず差し出された刀を受け取る。

意味が分かっていない表情なので、タイキ君が慌てて説明に入る。

「エオイド、その刀、絶対落とすなよ。俺たちの国では刀は魂と言われるほど大事なものだ。その魂を預けたってことは、本目さんにとっては絶対に約束を守るって宣言しているようなもんだからな」

「え、ええ!?」

逆に驚いてしまうエオイド君。

うん、実に小心者だな。

「ははは。そこまで強く言わなくてもいいだろう。確かに刀は大和男の魂だ。だが、故意に落とされたわけでもないのに怒ることはないし、何も説明もせずに渡した私も悪いのだ。エオイド君、説明はタイキ君がしてくれた。その預けた刀にかけて、約束を守ろう。信じてくれるかね？」

「はい。で、でもそんな大事な物を……」

「男に二言はない。その刀を返してもらう時は、君たちが無事にここから出る時だ。まあ、だからと言ってずっと持っているのも辛いだろうから。部屋にいる時には適当に壁にでも置いておくといい」

「分かりました。モトメさんの魂、確かにお預かりします」

「うむ。いい面がまえだ。では、こちらに来てくれ」

そして、本目さんに案内されて、一つの客間に通された。

「さて、何から話したものかな。ああ、今回の戦争云々は、今、会談しているところだ。そちらの疑問は上の話が終わってから改めて話そう。お互いこうやって仲がいいんだ。何かこじれてもお互い説得できるかもしれない」

「はい。その時はよろしくお願いします」

……本当に理解がある人だな。

刀をあっさり渡したところといい、器も大きい。

「では、こちらから聞いてもいいですか？」

「ああ。かまわないよ」

「本目さんは、何年にこちらに？」

「ふむ。そうだな。まずはそこからだな。私は昭和19年。西暦でいうならば1944年だな。季節は9月だったか」

……もう敗戦寸前じゃねーか。

無条件降伏まですでに一年切っている。

「まあ、私としては助かったのだよ。空爆が見事に直撃してね、私の目の前にだ。さすがに死んだと思った。が、目を開ければこの国、この世界にいたということだ」

「大変だったんですね」

「……まあな。戦争はいつだって大変だ。しかし、君たちのその反応を見るに、戦争は終わっているようだな」

「はい」

……いったいどうやって、もう60年以上前の話ですって話を持ち出せばいい？

それ以前に、日本が負けたって言えねーよ!?

タイキ君と俺は、お互いに目を見合わせて冷や汗を流している……。

でも、絶対聞かれる。日本はどうなったのかを。

「……そして、日本は負けたのだな」

だが、俺たちから結果を言うことなく、本目さんからその言葉は紡がれた。

「……なんで、分かったのですか？」

「いや、私は技術士官でね。あぁ、技術士官というのは軍が使う兵器の開発をする人の役職だ。私はそこで色々な兵器開発に携わってきたんだが、その中に通信装置があってね。ラジオよりもより簡略化して、簡単な音を送る機械なんだが、その開発に携わっていて、大本営発表と実際の戦況が違っていたのは分かっていたのさ。いや、あの状況下で分かっていなかったのはほんの一握りじゃないか？　人々の生活は苦しくなる一方、敵は防衛網を抜けて空爆を都市にしかける。誰が見ても劣勢だったよ」

「その、すいません」

タイキ君は申し訳なさそうに謝る。

俺たちが謝る理由もないのだが、当時、本当に戦い抜いていた人に対して自分たちから敗戦の言葉を告げられないのは、少し心に残る。

「何も謝る必要はない。あれは負けて当然だった。世界恐慌を植民地を増やして乗り切る。それは大国だからできたことで、もともとの国力が少ない独、伊は取るべき手段ではなかっただけだ。まあ、米と対立してしまったのが最大の敗因だろうな。日本としては、周りの植民地化した国の独立を促したかったが……と、いまさら言っても仕方ないか。で、どうだ？　その後の日本は」

驚いた。ここまであの二次大戦の状況を当時でしっかり把握していた人がいるとは。

と、いけない。ちゃんとその後の日本。

俺たちが、遥か、とは言い難いが、未来から来たと言わなければ。

「その、本目さん。俺たちは……」

「なんだい？」

「私とタイキ君は平成20年前後、つまり西暦2010年前後でこちらに来たんです」

「ほう。およそ65年も未来からか‼　これは凄い‼　さすが魔術がある世界だ。まさか、未来の人間と会えるとはな」

本目さんは、俺たちの言葉に興奮した様子だ。

「信じてくれるんですか？」

「嘘を言う理由もないじゃないか。しかし、1つだけ残念なことがある」

「なんでしょうか？」

「私の家族の安否は君たちに聞いても分かりそうにないな」

「……すいません」

「いや、未来でなくても、当時の荒れようでは確認もできないだろう。だが、それも些細なことだ。未来を私に聞かせてくれ。あれからどうなったのかを!! 世界の技術はどうなったのかを!! 当時は戦争の道具を作ることでいっぱいいっぱいだったからな。二次大戦が終われば大規模な戦争は終わるはずだ。ならば、もっと技術が違う方向に進化しているはず。それを教えてくれ!! ああ、ダメだな。それでは範囲が広すぎる。何を聞けばいいのだろうか……ちょっと待ってくれ。考えをまとめる」

そのはしゃぎように、俺たちはもちろんエオイドもリーアも目を丸くしていた。

……いや、正確には俺はこの手合いは見たことがある。

ザーギスとかナールジアさんと同じ表情だ。

いや、それをぶっちぎって、親友に近いものがあるかもしれない。

俺がそんなことを考えていると、本目さんは考えがまとまったのか下げていた頭を上げて、こちらをしっかり見つめてくる。

「よし。まずは、私の師たちの名前が後世に残っているか確認をしたい」

「師ですか？」

「ああ。私は軍人の前は大学の研究職でな。その時にお世話になった先生、師たちがいるのだ。残念ながら戦争でバラバラになってしまったが、かの師たちはきっと世界に名を轟かせる才能を持っていた。アルベルト・アインシュタイン殿ともちょっとだが親交があったのだ……」

「ちょ、ちょっと待ってください‼　アインシュタインと会ったことあるんですか⁉」

タイキ君が待ったをかけた。

うん、タイキ君が待ったをかけてなかったら俺が待ったをかけていたわ。

あの現代物理学の父と呼ばれる天才と親交がちょっとでもあったってどれだけだよ⁉

「ほう。その様子だと、アルベルト・アインシュタイン殿の名は、60年以上先の未来でも轟いているみたいだな。記録に残っているかは知らないが、アインシュタイン殿は来日したことがあって、その折にわが師たちと私たち弟子もかの天才の講義を拝聴したのだ」

あった。

来日している‼

というか、その当事者に会えるとかすげーよ‼

「まあ、その講義内容は後にしよう。まずは我が師たちの名前に聞き覚えがあるかないかだ」

「はい」

「どのような名前で？」

いったい、どんな人物が出てくる？

アインシュタインの関係だから本多光太郎《ほんだこうたろう》教授か？　それとも留学していた石原純《いしわらじゅん》さんは違うか……。

うっわー、やべ、今までで一番テンション上がってきたかも。

いや、嫁さんとは別枠でね。こう世界の偉人の話を聞けるっていうのは、心から湧きあがるものがあるのですよ。

「一人の名は宇田新太郎《うだしんたろう》、そしてもう一人の名を八木秀次《やぎひでつぐ》という。研究して特許を取った時の名は電波指向方式だ。どうだ、聞き覚えはないか？」

俺とタイキ君は目を見合わせて驚いていた。

だって、その名前はちょっとでも軍事やアンテナの歴史を知っているなら、知らない人などいないレベルの人物。

通信、アンテナ、レーダーの概念を作り出したと言っても過言ではない。

八木・宇田アンテナ。

それが、本目さんが師と呼ぶ2人が、世界に残した名だった。

これは、今夜は眠れないぜ。

第311掘：話し合い　裏　後編

side：タイゾウ・モトメ

「よかった。本当によかった!!」

私は若者たちの前で、情けなく涙を流していた。

自分が死ぬ瞬間でも涙を流さなかったのに、まさかこんなことで流すことになるとは。

……ああ、男は苦しい時こそ涙を見せず。嬉しい時に泣けと兄から言われたか。

そう、私は今、嬉しくて泣いている。

使者の中にいた、私と同じ日本人の少年たち。

その少年たちはあろうことか、60年以上も先の日本から来たという。

疑う要素はないので、私はあることを聞いたのだ。

私たちの研究は、いや、師たちの作り上げたものは残っているのかと。

期待はしていなかった。

世界には、アルベルト・アインシュタイン殿などという雲の上のような天才も存在する。

だから私たちの研究成果も、その中ではたいしたことではないのでは？　と思ってしまう。

それだけ世界は広いのだ。

だが、彼らから返ってきた言葉は予想に反して、遥か斜め上だった。

八木・宇田アンテナ。

彼らの未来では日本どころか、世界中にその名が知られているという。

通信、アンテナ、レーダーの基盤を作った、偉人として。

そして私は、その話を聞いて嬉しすぎて泣いてしまったのだ。

よかった。

本当によかった。

我が師の研究は、日本どころか世界中で評価され、記録に残ったのだ。

研究者にとって最高の名誉だろう。

「あ、あの、モトメさん。大丈夫ですか？」

話についていけないエオイド君が心配そうにこちらを見ている。

いかん、いかん。

大の大人が年下の若者たちの前で泣くとはな。

心配させてしまった。

「すまない。大丈夫だ。聞いていたなら分かると思うが、私の師、先生たちが、ちゃんとした評価をされていたことが嬉しくてね。つい年も忘れて、泣いてしまったよ」

「それほど素晴らしい人たちだったんですね」

「ああ。我が師たちは私の誇りだ。あの人たちの下で学べたことは私にとって何事にも代えがたい宝だ」

そう、そして、私をその舞台へ送り出してくれた兄に感謝だな。

……ん？

何か引っかかる。

「……」

「どうかしましたか？」

沈黙する私に、タイキ君が声をかけてくる。

……そのタイキ君の顔に何やらおぼろげに見覚えがある気がするのだ。

「まさかとは思うが……すまないがタイキ君、聞きたいことがある」

「はい。何でしょうか？」

「本目泰一という名前に聞き覚えはあるか？」

「……いいえ。覚えはないですね」

「ふむ。どことなく兄の若い頃に似ていた気がするのだが、他人の空似か」

「そうじゃないですかね？」

2人でそんな見解に達したのだが、そこでユキ君が口を挟んできた。

「別に本目さんのお兄さんだけとは限らないでしょう。兄弟の子供が親でなく、親の兄弟の誰かに似るなんて話はよく聞きますし」

「ああ、先祖返りみたいなものだな。私には妹もいた。名前は本目誠子。嫁いで苗字が東になったな」

「あ、東なら聞き覚えがありますよ‼」

「本当か‼」

「母さんの旧姓です。でも、誠子さんって名前に聞き覚えはありません。うちの母親の名前は智子ですから」

「ちょっと待ってくれ。確か60年近く後だったな。なら、世代的には妹の子供が祖母か曾祖母の可能性があるな。母方の祖母の名前は分かるか？」

「えーっと、ちょっと待ってください」

少し考え込むタイキ君。

仕方ないか。私も祖母の名前はうろ覚えだ。

子供にとっては父方でも母方でもおじいちゃん、おばあちゃんなのだ。

お偉いさんのところは違うのだろうが、私たちは一般の生まれだからな。

名前にこだわらなくても、じいちゃん、ばあちゃんで通じるのだ。

「思い出しました。確か、ばあちゃんの名前は良子です」

「よしこ……良子か‼　その名前は私も聞き覚えがあるぞ。妹が東家に嫁いでから産んだ長女の名前だ‼」

「いや、少し落ち着こう。これだけだと偶然もあるかもしれない。だから、出身地を確認だ」

そうだ、ここまでやっておいて、実は違いました。偶然で名前が一緒でしたと言うのは恥ずかしい。

だから、ちゃんと理詰めで行くのだ。

「えっと、母さんの生まれは熊本です」

「熊本か‼　よし、次が最後の質問だ。その祖母の兄弟が剣術道場を開いていなかったか？」

「はい。開いていました。薩摩示現流、東宗家とか……」

「間違いない。タイキ君は私の遠縁だ‼　私も妹の嫁いだ先の東家で示現流を教わったのだ」

「ということは、爺さん？」

「いや、それはどうだろう？　果てしなく遠縁だからな。そして私自身の年齢はまだ38だ。爺さんと呼ばれるのには抵抗があるな」

お互い妙な感じになる。

確かに血縁者がいたのは嬉しい。

しかし、お互いに親戚のおじさんと従妹の息子みたいな感じな年齢差なのだ。

なんと呼ぶのが正しいのだろうか？

「別に無理に事実に沿った呼び方を決めなくてもいいでしょう。お互い納得のいく呼び方でいいんじゃないですか？」

考え込んでいた私たちにユキ君がそういう提案をしてくる。

「確かにな。なら、私は普通にタイキ君と」

「じゃ、俺は泰三さんでいいですか？」

「そうだな、本目さんでは他人行儀すぎるからな。しかし、ユキ君もだが、よくこの世界に来て無事だったたな。私の場合はこのヒフィー神聖国のトップ、ヒフィー神聖女殿に直接呼び出されたから大して問題はなかったが。外には魔物とかいう魑魅魍魎、人食い妖怪の類が山ほどいる。君たちもどこかのお偉方に呼び出されたのか？」

「俺は勇者として、傾きかけた国に呼び出されましたね」

「俺も似たようなものです」

「そうか。どこも似たような感じか。しかし、それ以外で荒野に置き去りにされた地球の人がいない、なんてのは甘い考えだな」

「そうですね。神隠しなんて言葉も日本にはありますし。実際、異世界に呼び出された人もいたんじゃないでしょうか？」

ユキ君の言う通り、神隠しはこちらの世界とは限らないが、別の世界に呼ばれたと思うのがある意味自然だな。

私たち3人が初めての転移者などと思うのは都合がいいというか、夢を見ているだけだろう。

「さて、色々興奮してしまったが、そろそろ本題に入ろうか。積もる話はこの話が終わってからだ」

「はい」

「そうですね」

色々脱線してしまったが、私の目的は故郷の話に花を咲かせることではない。

今から起こるであろう戦争に、同郷の人間、しかも若者で、1人はなんと遠縁だが血縁者が敵方にいるという事態をなんとかしたいと思っている。

「まず、君たちを私が招いたのは、最初に言った通り同郷の、地球、日本人か確認を取りたかったからだ。それは確認できた。間違いなく君たち2人は日本人だ。そして、使者として来ているのならば分かると思うが、これからヒフィー神聖国は各国に対して宣戦を布告する。ありていに言えば、規模は小さいが、この大陸すべてを巻き込んだ大戦が起こることになるだろう」

「あの、なんでこんな戦争を起こそうなんて話になったんですか？」

「さあな。私が呼ばれたのがきっかけだとは思うが。真意はよく分からない、と言っておこう。私から話すことではないからな」

「分かりました。真意の方は直接ヒフィーさんに聞いておきます。で、本目さんがきっかけだというのは？」

ユキ君とタイキ君は鋭い目でこちらを見てくる。

簡単に聞いたが、日本はあの二次大戦から無条件降伏、非武装中立宣言を掲げる者もいるという。

そして、60年もの間戦争をしていないらしい。

きっと、よほどな負け方をしたのだろう。

たとえばあの後、広範囲高火力爆弾が完成して落とされたとか……。

そんな彼らにとっては戦争とは忌むべきものだろう。

私も戦争は起こらないに限ると思う。

だが、今は違うのだ。

「私が提供した銃器開発が軌道に乗った。それが……ヒフィー殿が大国を相手に戦いをするきっかけになったのだろう」

実際はコメット殿が作る聖剣もあるだろうが、さすがにそこまで話すわけにはいかないし、理解できないだろう。

ダンジョンマスターはおろかダンジョンですら、この大陸では遺跡と呼ばれているのだから。

「なぜ？　と聞いていいですか？」

「ああ。私は死ぬ寸前に呼び出され、事なきを得た。最初は恩返しのつもりだった。知っているだろう？　この世界の文明レベルの低さを」

「はい」

「だから、私は少しでも人々の暮らしがよくなり、安全に過ごせるように、私が知り得る限り提供していいと思った知識を広めた。都合よく、お国のトップと繋がりがあって、資金繰りなども問題なく、知識に関しても師たちからお遊びで叩きこまれたものが生きた」

「それじゃ、今の状況は本目さんの望んだものとは違うのではないですか？」

「……それがそうでもない」

「どういうことですか？」

「時代には転換期というものが存在する。私はこの世界では今がそれだと思った。この世界の文明レベルは王権、つまりは封建制、絶対王政といった状況だ。しかし、それらに反旗を翻そうとしているのがヒフィー殿だ。彼女はおそらく、私が起こした擬似的な産業革命を足掛かりに、市民革命を起こそうとしている」

「泰三さんはこれで、次の時代を迎えるって思うんだな」

「ああ。確かにこの戦争で多くの血が流れるが、これを乗り越え、ようやく次の段階へ進めると私は思う。私たちの故郷は民主主義、まあ大戦中はどう見ても軍国主義に見えるが、一応、民主主義だったわけだが。立憲君主制だったからな。だが、それをただ説いても誰も聞いてくれないし、今の地盤がある王侯貴族たちは納得しないだろう。彼らにとっては、日本で言えば江戸幕府が崩壊するようなものだ。こういう時代の変わりが話し合いで済むことはない。それは時代が証明している」

「だから銃などの兵器の開発をして提供したと？」

「そうだ。私たちの世界では戦争で多くの血が流れたが、こちらでは、私が持ち込んだ近代兵器群が存在する。それを用いれば、一気に敵を制圧できる」

「泰三さんはいずれ来るであろうこの世界の市民革命を待つより、今起こした方が流血は少なくなると思うんだな？」

「その通りだ。だが、素直に上手くいくとは思っていない。王政、封権制も上が優秀であれば、国民は健やかに過ごせるからな。今の国々を率いている王が、全部が全部愚鈍だとは思っていない。しかし、次が問題だ」

「次？　時代を進めるのが目的じゃないんですか？」

そう、これはあくまでも次の問題に対するものだ。

「私たちが考えなくてはいけないのは、まかり間違って地球とこの世界に半永久的な繋がりができてしまった場合だ。その場合、文明レベルが低く、それでいて魔物や魔術と言った特異な生物や、資源、技術がある場所を見てどうするだろうか？」

「それは、日本なら普通に友好を結ぶんじゃないですか？」

「……タイキ君。それは楽観しすぎだな」

　ユキ君はこの話の重大さに気が付いているようだ。

「ユキ君の言う通り、タイキ君は少し楽観が過ぎるな。まあ、運よく日本と繋がればいいだろう。しかし、他の国、たとえば軍国主義の国と繋がった場合、この大陸、いやこの世界は瞬《また》く間に制圧されるだろう」

「……」

「確かに強力な魔物や魔術は存在するが、その力を持つのは一握りの者だけだ。残念ながら、この世界に地球を上回るような総合的な力は存在しない。そして、たとえ日本であっても、こちらの人々を言いくるめて資源や生物研究をしようとするはずだ。この世界は私たちの世界から見れば宝の山だ。そして、話し合いというのはお互いの力が拮抗している状態じゃないと成立はしない。最悪、この世界の資源を巡って第三次世界大戦も起こり得るだろう」

「……そのために大陸の文明を少しでも前に進めようとしたというわけですね」

「ああ。このままでは私がいるヒフィー神聖国ですら、建前上の友好国、実情は属国、植民地という扱いを受けるだろう。君たちが呼び出された国々もだ。私たちは誘拐、拉致《らち》された。それだけで敵国として攻め込む大義名分としては十分だ。日本でなくとも、他の国々が私たちを保護するという名目で蹂躙《じゅうりん》するだろう。なにせ相手は文明レベルが低い。情報記録もできない。都合よく使いやすい相手だけ残して、あとは殺してしまえばいいわけだしな」

　少し間が空く。ユキ君は理解していたが、タイキ君は、理解はできたものの納得はいかないようだな。

　若いな。だが、それが世界の現実だ。

「誰かに任せていいわけでもない。いつか起こるのならば、可能性がわずかにでもあるのなら、今、私の手で推し進めよう。後の人たちが穏やかに過ごせるならば、どんな汚名も被る覚悟はある。まあ、最大の敵が地球の、我らの同胞だというのは皮肉だが」

　皮肉ではあるが、その力があるからこそ私たち地球の人々は、この特異な世界に対しても十分戦えるどころか、圧倒する力を持っている。

「というわけで、私は残念ながら戦争を止めるつもりはない。しかし、使者としてきた同郷の君たちと敵対するのは、こちらとしても損失だ。血縁者もいることだしな。だから1つ提案をしよう。私の下へ、ヒフィー神聖国に来てはくれないだろうか？　君たちの家族同然の者も当然受け入れる。どうかな？」

　今のままでは、私の時代の技術力でも羽虫の如く蹴散らされる。

　さらに技術の進んだ未来の地球の軍事力に、この世界が対抗できるとは到底思えない。

最悪の未来を避けたい。

私は誇りある大和男であり、薩摩隼人。恩を仇《あだ》で返すわけにはいかないのだ。

第312掘：駄女神、説明しろ

side：ユキ

現在、ヒフィー神聖国での第一回会談は終わり、俺たちは混迷の中、手に入れた情報をウィードに持ち帰って緊急会議をしていた。

『今すぐ答えを出せとは言わない。だが、戦争は避けられない。ヒフィー殿を説得して開戦を遅らせてみる。その間に答えを出してくれ。なに、ヒフィー殿も私の同郷の人間だといえば、快く受け入れてくれるだろう』

そう言って本目さんとの会話記録は切れる。

「……凄くもっともな話ね」

「そうじゃのう……」

「はい。実に理に適ったことだと思います」

「私もそう思いました」

そう返事をするのは、ウィードでいずれ来るであろう未来をすでに見ている俺の嫁さんズの中で、もともと王侯貴族、権力というものを直に知っているメンバーだ。

即ち、セラリア、デリーユ、ルルア、シェーラだ。

他のメンバーも微妙な顔をしている。

そういう俺だってそうなのだ。

俺は、本目さんのやり方を否定できない。

むしろ賛成だな。

ある一点さえなければ。

「でも、なんでヒフィー神はコメットのダンジョンマスターの力を行使しないのかしら？」

「前からそこら辺の疑問はあったのう。これはやはり、ダンジョンマスターが蘇生、いやアンデッド化している点が原因ではないか？」

「私もそう思います。能力が制限、あるいは停止に近い状態なのでは？　そうでなければ、ここまで表立って旗を上げなくても、他国を落とすのは簡単なはずです」

「なんと言いますか。ユキさんがダンジョンマスターのスキルを使わず改革の道を行った感じがします。この本目さんの言動から、ダンジョンという便利な力を知っていれば、力押しするとは思えないのです」

シェーラの言う通り、俺と本目さんの違いはダンジョンの力を使っているか使っていないかの違いだ。

ダンジョンの力がなければウィードの大陸でも、本目さんと同じような力押し路線を取らざるを得なかった。

「私もシェーラの意見に賛成ね。でも、ダンジョンスキルの有無は本目さんとは関係ないわよ。ヒフィー神が本目さんに対して隠している可能性もあるし」

「そうじゃのう。そういう可能性もあるか。まあ、何はともあれ、これは当事者を呼び出して聞いた方が早いじゃろう」

「そうですね。幸い、私たちの知り合いに上級神がいますし」

「はい。まずは情報を集めましょう。何か手掛かりになるかもしれません」

……嫁さんたちも、あの生物に対して、どんどん敬意を払う気持ちが薄くなっているよな。

「「「駄女神を呼んで」」」

そうやって揃えて、呼ぶ名前は、俺をこの世界に運んできた張本人。

ルナ。

自称、上級神。

最近は、ウィードに設けた彼女の家で、ジャージ姿でお菓子を食いながら、ゲームをして過ごしている。クソ羨ましい環境だ。

まあ、ちょくちょくいなくなっているから、それなりに忙しいみたいだが、その姿を見れば誰もかれも、駄女神の烙印《らくいん》を押すだろう。

上司の痴態をこのウィードで見続けたリリーシュ神は、すでに諦めの境地に至っている。

俺としては、あの駄女神を呼ぶのは非常に嫌だ。

呼べば呼ぶほど厄介事が増える気がする。

しかし現状、ヒフィー神や前任者に対して一番情報を持っているのは彼女だろう。

ということで、ルナを呼び出すことにする。

「あん？　どうしたの？　新しいポテチの味でも出た？」

しかし、予想通りかな、駄女神は駄目神であった。

変わらなかった。

ジャージ姿で片手にジュースのペットボトルを持ち、もう片方は、ジャージの中にお腹から手を入れぼりぼりかいている。

スーツ姿の怪しい宗教勧誘ハニートラップからの真実がそこにあった。

……干物女か。

「自分で買いに行けや‼」

スパーーン‼

気持ちのいい音が響く。

脊髄反射でハリセンを持って叩いた俺は悪くないだろう。

「いったいわね⁉　相変わらず人を敬《うやま》わないわね。あんた」

「敬って欲しいならそれ相応の格好しろ。裸の王様なんて存在しないんだからな」

「いたじゃない。あんたの世界の方では」

「物語の中でな‼」

「じゃ、ヌーディービーチは？」

「それはそういう場所だろうが‼」

いかん。

やっぱりこの駄女神はきつい。

話に入るのに非常に時間がかかる。

「……とりあえず。そっちも呼ばれた理由ぐらいは理解しているんじゃないか？　ちょくちょく覗き見はしているみたいだからな」

「……ちっ。強引に話を進めたわね。まあいいわ。今回のことはある意味私の予想外でもあったし、別の意味ではいずれ起こることだもんね。いいでしょう。事情を説明するわ」

そう言って駄女神は会議室の席に着く。

その瞬間にスーツ姿になり、ぼさぼさの髪も綺麗に整っていた。

「はぁー。この服、肩凝るわー。仕事着っていやよねー。あ、キルエ、お茶貰える？　緑茶で」

「はい。かしこまりました」

キルエは素直に従っているが、内心、駄女神と罵っているだろう。

そうでないと、嫁さんをあごで使われた俺の気が済まん。

「ありがとう。ずずっ……ふぅ、やっぱり緑茶は熱いのに限るわね」

緑茶を少し口に含み、飲みこんで、ようやく目つきが仕事モードになったな。

「さて、どこから話したものかしら……色々あるのよねー」

「なら、まずはヒフィー神のことから話してくれないか？」

俺たちにとって、ヒフィー神は神であること以外何も情報がないのだ。

「そうね。時系列的にもそれがいいわね」

「時系列？」

「そうよ。ヒフィーの話をすれば必然的に残りの話にも繋がるってこと。と、その前に、ユキは覚えているかしら？　私はこの世界の神やダンジョンマスターを、あなた以外はこのアロウリトから選出したって話は」

「覚えてるぞ」

それがダメダメすぎて、俺を呼ぶ羽目になったんだろうが。

「でも、その時は言ってない情報があるのよ。薄々気が付いていると思うけど、私はダンジョンマスターの件くらいしか関わってない。つまり、この世界の神の選出はしていないのよ」

「……どういうこと？　あなた、分かる？」

セラリアが不思議そうにこちらを見てくる。

……やっぱりそんな感じか。

最初からルナが全権を持っているなら、こんな回りくどい方法を取らなくていいもんな。

「はぁ……つまり、ルナもこのアロウリトを押し付けられた、みたいな感じか？」

「当たりー。私も、ユキと同じように後任として、この世界に来たわけよ」

「「「はぁ!?」」」

嫁さんたちは非常に驚いているが、そもそも、下級とか上級とかある時点で、上下社会が構築されていることが分かる。

神とかいう生物も、そういうしがらみがあるというわけだ。

「簡単に説明しましょうか。私はこのアロウリトの本来のまとめ役。つまりは神々をまとめる中級神が人に討たれたことが原因で、こっちも管轄下に置くことになったのよ」

「……人が神を討ったのですか？」

ルルアが信じられないと言った顔をしている。

人が神を討つなんてのは、アロウリトの文明レベルでは不遜どころか、大逆だろうしな。

地球ではザラにあることだけどな。

というか、今の日本じゃ1つのよくあるネタだな。神殺しなんてのは……。

「ルルアからすれば、畏れ多いことかもしれないけど、まあ么ることなのよ。強さ的にはレベル1000ぐらいだし？　さっき言った通り、下級の神様は世界を安定させることを目的に現地人、つまりアロウリトの人を神に昇華させるのよ。つまり、中身は人と一緒ね。まあ、長生きするから感覚が人の時とずれてくるんだけど。それだから、私やリリーシュみたいに、そのずれを直すために人に紛れて生活してたりするんだけどね」

しれっと自分がだらだら生活するのに意味があるって含めてきやがったな。

俺がジト目で見ていることに気が付くと、すぐに顔を背ける。

やっぱり意図的にこの話を混ぜやがったな。

「上級なんて肩書きはあるけど、私も元は人だからね。さて、そうなると神はどこで発生したとか、くそ面倒な話になるけど、そこは端折《はしょ》るわ。で、当時の中級神は人に討たれたぐらいだから、妙な干渉行為をしていたんでしょう。自分も人から神になったことを忘れて、色々やったんでしょうね。ということで、討たれたのは自業自得。その件に関して、私がアロウリトの人々に罪科を問うことはないわ」

「「ほっ」」

そんなふうに息をつく嫁さんたち。

それどころか、ザーギスやナールジアさんも同じように胸をなでおろしている。

「ユキ。分かってる？　これが敬意を払っている者の態度よ。それなのに、あんたは一息つくことや、胸をなでおろすこともしないじゃない」

「やかましい。最初から敬意なんて払ってないからな。さっさと続きを話せ」

「こんなクソ度胸があるから、ユキを異世界から引っ張ってきた甲斐があるわよね。それは、奥さんのあなたたちがよく知っているでしょう」

コクコクと頷く嫁さんたち。

「と、話がずれたわね。中級神とその取り巻き共は討たれたけど、全部の神が討たれたわけではないわ。その残りの神がヒフィーやリリーシュね。他にもまだいるけど。で、私がこっちを管轄下に置いたとき、結構反発があったのよ。ユキなら分かるでしょ？　支店がいきなり本店直営店になるような感じで、色々摩擦が起こるのよ」

そりゃな。

支店には支店の、地域にあったやり方というのが存在する。

本店が介入なんてのは、色々問題が起こるのだ。

「そのおかげで私は人事に大忙しよ。私が気に入らない奴は、さっさと神格剥奪して人に戻したり、処刑したり、知り合いの神に押し付けたり。で、ある程度私の話に聞く耳を持つ奴はそのまま私が知った魔力枯渇の対処を頼んだわけよ。ヒフィーとリリーシュは後者、私を支持して快く受け入れていた方ね。でも、そんな神たちも、ほとんどが魔力枯渇に対応できなくてそのまま消滅したわ。神ってのは高魔力の塊《かたまり》みたいなものだからね。普通、信仰があれば消滅はしないんだけど、魔力枯渇が起こっているから多少の信仰ではどうにもならなかったみたい。で、私は第2案を実行した。ダンジョンという魔力循環《じゅんかん》器を取り付けることを」

うん。

聞けば聞くほど胃が痛くなる作業だな。

特に人事。

いきなり任された途端に解雇を決めるなんて、とてもじゃないがやりたい仕事じゃない。

「このダンジョン計画は2段階あるのは知っているわね。そこのデリーユの弟、ライエや新大陸の前任者であるコメットなどは、1段階。現地人をダンジョンの管理者にして、魔力枯渇に対応しようと試みたわ。でも、正直ほとんどまともに稼働していない。ギリギリの魔力循環で精いっぱい、解決には程遠かったわ。でも、その中で比較的好成績を残していたのが新大陸の前任ダンジョンマスターのコメットね。でもこの好成績は、ヒフィーと協力体制を取ったおかげと言っていいでしょう。偶然、コメットとヒフィーは仲が良かったから、そのまま神とダンジョンマスターとして協力体制で対処に当たるように私が言ったのよ。あ、魔力枯渇に関する内容は全然知らないからね。嘘はついていないわ。ヒフィーは真面目だったから、自分の神という立場はあくまで隠して、コメットを立てて、問題に当たっていたみたいだけど……」

結果は俺たちが知っている通り……。

「気が付けば、コメットがバッサリやられてヒフィーも音信不通。こりゃ他と同じで失敗したかーって判断を下したわけ」

普通そう思うよな。

今まで何度も同じことを目にしていたなら、特にだ。

規模や問題の大きさは違うが、誰だってあることだろう。

探しても見つからなかったものが、ある日突然ぽっと出てくる感じ。

「そこで、2段階目に移ることにしたわ。あなたたちも知っている、そこのユキよ。今までの結果から、現在のアロウリトの独力では事態の収拾を図れないと思った私は、知識を備えていて、それを実行できる暇人を異世界から連れてくることにした」

「おいこら」

誰が暇人だ。

日々、適当に仕事をこなし、昇進などめんどくさい地位を目指さず、日々平社員として働き、休みにはゲームをして過ごす多忙な俺を指して暇人だと⁉

「うっさい。休みの日にゲームが一番の娯楽の引き籠りの暇人が。まあ、こんな地球の日本のダメ男でも、結果はご覧の通り、目覚ましい結果を出しているわ。って、ここまでくると話が通り過ぎているわね。でも、ヒフィーに関しては分かったかしら？」

「ユキは駄目な男ではないがのう。まあ、この話はお互いに泥仕合みたいなものか。どっちもゲームしておるし……ヒフィーに関しては理解した。して、ルナは妾たちに手を貸してくれるのかのう？」

まあ、俺とルナどっちがダメかと言い出したら、ゲームとかで勝負を決めることになりそうだから今はよしておこう。

でも、デリーユは手を貸してもらえると思っているのか。

俺の予想だと、この図式は……。

「無理ね。会話記録を見るに、ヒフィーは私が出したダンジョン解決案が失敗したのをきっかけに、自分が表に立って世直しすることを決めたみたい。結果的に、それが魔力枯渇に繋がると見てね。まあ、これがヒフィーとアンデッド化したコメットだけならまだよかったんだけど、日本から来た本目が問題ね。この本目のおかげで、私が見ても現実味がある行動に思えるわ。そもそも、失敗したとはいえダンジョン解決案を手伝ってもらっておきながら、いまさら新しいダンジョンマスター連れてきたから従ってね？　って言って頷くと思うかしら？」

頷かないな。

ルナの信用はがた落ちだ。

「あの子の様子から私には敬意は払うだろうけど、もうダンジョンなんて回りくどい方法を採用してくれるとは思えないのよね……私も一度失敗してヒフィーをあそこまで追いつめている手前、やりにくいわ」

「でも、それでは新大陸が血で染められることに……」

「それも、私としてはどうでもいい。というか、どっちの方にもつけない」

「え？」

「結局、ユキの改革も血が流れないわけではない。ユキの方針上、その方が都合よかっただけであって、ヒフィーの方針を否定することにはならないわ。私はあくまでも、魔力枯渇による、魔力や魔術に沿った文明が崩れることを阻止するのが目的なのよ。結局、ユキの方針だって、遥か未来で歪《ゆが》んで、大流血を起こさないとも限らないし。痛みのない教訓は意味をなさない、とまでは言わないけど、痛みがあった方が覚えはいいとは思うわ。今回のヒフィーの行動は痛みある教訓としては十分よね。頭すっからかんな現地人にとっては」

そう、結局のところ、方針の違いってだけである。

この状況で、ルナとしてはどっちの肩も持つわけにはいかない。

「正直に言うと、ヒフィーがまだ残って何かをしているなら、ユキたちは乱入してきた状態になるから、引くのが正しくはあるのよ」

「そんな、今まで連絡をしてこなかったヒフィー神にも非はあるのでは？」

「そうなのよ。連絡をよこさなかったヒフィーも悪い。だから、ユキたちに無理に引けとも私は言えない。というか連絡をよこさなかったのは、私の案ではダメだと思ったからでしょうし……はぁ、胃薬ある？」

聞いている俺でさえ胃が痛くなりそうな内容だ。

本人はすでに胃が痛くてたまらんのだろう。

キルエがすぐに胃薬を用意してそれを緑茶で飲み干す。

……緑茶で薬飲むと意味ないとか話があった気がするが、そもそも神に胃薬が効くのか？

という前提から考えないといけないから、考えるのはやめよう。

本人が欲しいと言っているなら、それでいいのだ。

「そもそも、現状はすでにヒフィーが宣戦布告をしているのよ？　私が説得したとして、どうやって事態に収拾つけるのよ？　国が攻められる限り、ヒフィーは全力で戦い抜くわよ？」

「「……」」

ルナの言う通り、説得したとして落としどころをどうやって用意するのかが問題になる。

……いや、できないことはないが。ミノちゃんからの報告を見て、ザーギスとか、他の方面も探ってるとドンピシャだからな。

と、まずはヒフィーをどうやって説得するかって話になるんだよな。

「……どうやら、事態の収拾には目途があるみたいね？　相変わらずそういう方面には頭が回るわね」

「ひとえに、俺が日々を穏やかに過ごしたいと思うからだ。でも、俺に説得後の事態収拾案があっても、結局はヒフィーを説得しないとどうにもならんだろ？　ヒフィーをぶっ倒しても国民が納得しないだろうし」

「そうよねー。そこが一番の問題なのよ。ヒフィーをぶっ飛ばして終わりってわけじゃないのよね。結局、無理に事を起こしても戦争状態からは抜け出せない。本当にヒフィーを説得する必要があるのよ。まあ、解決案がないわけでもないんだけど……」

ルナがそう呟くと、嫁さんたちが期待の眼差しをする。

だが、俺もルナが言わんとすることが分かっているので、全然期待できない。

むしろ目が死んでいるな、今の俺。

「本当にあんたは察しがいいわね。私はどっちの肩を持つわけにもいかない。その上で今のヒフィーを説得するのは、あんたの方法が、ヒフィーを上回っていると、その身をもって証明するのよ。見届け役はしてあげるわ」

「ちょ、ちょっと待ってルナ。その言い方だと……」

セラリアが信じられないと言った顔でルナに詳しい内容を聞こうとする。

「そうよ。セラリアの予想通り。ヒフィーと戦ってぶっ倒しなさい。時が早まっただけって言ったわよね。ウィードの大陸でもヒフィーと同じように、神が仕切ってる国があるわ。ものすっごく小国だけどね。もちろん、ダンジョン交易条約に入っていない国ね。こっちもダンジョンってやり方は認めていないのよ。いずれウィードともぶつかる。神をぶっ倒すのが早まったと思いなさい」

「そ、それは無茶じゃ。妾たちは確かにユキの下で底上げはした。だが、その程度で……」

「デリーユ。この世界の魔力枯渇問題を解決するのに、反発している神ごときぶっ倒せなくてこの先どうするつもりなのよ？　それでも天に唾する魔王様なわけ？」

「いや、妾の場合は不可抗力というかのう……」

「この世界の中級神をぶっ倒したのも人よ。そして、今回ユキたちがヒフィーを私の手助けなしで倒せたなら、単独で魔力枯渇に対応しているへっぽこ神々も多少は聞く耳を持つでしょう」

はぁ、やっぱりそうなるか。

まあ、俺が魔力枯渇対応に関しては一番後任だからな。

前任者たちにとっては、新人の俺が活躍するのを素直に喜ぶわけもない。

そもそも、ルナという後任の上司が連れてきた、ただの人だ。

どこかで、そっち方面とぶつかるとは思っていたが……。

「こっちとしても、ユキたちには期待しているから。別に無理に戦えとは言わないわよ？　でもその場合、新大陸からは手を引いてもらうことになるわ」

「しかし、それだと、我がジルバやローデイ、アグウストなどは……」

「そりゃ、ヒフィーの今の勢いだと、今ある国は残らないでしょうね」

ルナの言葉に、新大陸出身のジェシカ、クリーナ、サマンサは愕然とする。

「人の嫁さん、いじめてんじゃねーよ。この駄女神。誰も戦わないなんて言ってないだろう」

「はっ、二つ返事で倒すって言わなかったヘタレが言うセリフじゃないわね」

ということで、次は直接ヒフィーと対決か……。

なんとか言いくるめることはできないかねー。

第313掘：彗星の考えと思い

side：コメット・テイル

「コメット。確認したわね。使者のステータスを書いて提出しなさい」

「了解しました」

私の口は勝手に開いて、返事を返し、ヒフィーから受けた命令をこなすために、自分の私室へ戻る。

全自動で疲れ知らずだから、私としてはありがたい。

うーん、アンデッドって便利だなー。

でもさ、少しは口を挟みたいものだ。

片言しか喋れなかったせいで、ヒフィーには誤解を与えちゃったし？

いや、誤解でもないのかな？

言葉って難しいね。

まあ、現状もある意味、私の自業自得ではあるんだよねー。

ほんと、どうしたものか。

かといって、今の状況をより良き方向に持っていく方法なんて思いつかない。

そもそも、言葉を発するどころか、全身ヒフィーのお人形なんだから。自分の意思で指1つ動かせない。

……ん、自分で言ってて何かエロい気がする。

ほら、だってヒフィーは美人だし、私も最近はそれなりな気がするし？

こう……ね？

部屋へ戻る途中にどこからか献上された鏡の前を通り過ぎる。

そこには、綺麗な長い金髪と、容姿にあった、魔術師スタイルの私がいる。

色が白いというか、青いのは無視してね。

……そう、最近というのはアンデッドになって、ヒフィーのお人形になってからのこと。

当時、いや生前は研究とか色々で、髪はボサボサ、服もヨレヨレだったからねー。

うん。私って思ったより素材は良かったのかとアンデッドになって気が付いた。

「おや。これはコメット殿。腕の方はもう大丈夫なのですか？」

そんなことを考えて、全自動で歩いていると、廊下の先からヒフィーによって異世界に連れてこられたタイゾウ・モトメさんがいた。

「はい。問題はありません。今から、偵察で観察した敵のステータスを書き出すように言われました」

「そうですか。まあ、ここからが大事ですからな。ですが、あまり無理はしないように。お互い、分野の長ではあるのですから」

「お気遣いありがとうございます。では失礼いたします」

いやー、私全自動のお人形だし？　気遣ってもらっても、働き続ける……材料は私の遺体だけど。

しかしさ、言動制限は本当に最近悔しく思う。

だってさ、このモトメさんの知識ものすっごいんだから。

こいつはすげーってのばかり。

科学技術って言ってたっけ？

魔術とはまったく違う方式、ルール。

いや、通ずるところもある気がするけど。

自由にやれれば、モトメさんと協力して、もっと面白いものができると思うんだよなー。

あ、もちろんルナとかいう上級神に頼まれた魔力枯渇問題にも有益だと思うよ？

まあ、いまさら言っても仕方ないんだけどね。

もう、ダンジョンスキル関連も全部ヒフィーの管理だし。

そもそも、もうルナからしたら私は死亡扱いになってるんじゃないかな？

復活したのは50年前ぐらいだし。

いやー、何か自分の知識が役に立つかと思って、ダンジョンの研究室には保存の効果をかけておいたのが幸いして、私の体は腐らず、魂も定着したままだったから、そのままヒフィーがアンデッド化したんだよね。

まさか、自分がそのまま使われるとは思わなかったけどねー。なっはっはっは。

見かたによっては、もう一度人生できるんだから幸せだよねー。

今は、色々とややこしいけど……。

カリカリ……。

そう、ややこしいのだ。

気が付けば、すでに部屋に戻っていて、体はヒフィーに言われた仕事をこなしている。

ペンが走る音だけが響いている。

正直、私はあのヒフィーがここまでのことを起こすとは思っていなかった。

ヒフィーが神様だってルナから聞かされた時は驚いた。当時は普通に村の教会で司祭を務めている、ただのお姉さんだったのだ。

私は変人と認識されて……いやだねー、世界の謎を解き明かそうとすることを変人なんて。

と、そこはどうでもいい。

そんな関係で、私もその村の端でひっそり研究しながら過ごしていたわけだ。

で、私がダンジョンマスターとして魔力枯渇に対応するにあたって、偶然一緒の村にいたヒフィーと協力することになったんだ。

まあ、その前から、家に様子見に、掃除にと甲斐甲斐しく世話していてくれたんだけど。

当時の私とヒフィーの仲はすこぶる良好。

いや、今も実はヒフィーとは仲が悪いとは思っていない。

だって、この服や、髪の手入れは、ヒフィーが自ら欠かさずやってくれているからね。

で、自陣の強化で、私とヒフィーが合わせて開発した『便利つえー剣』、略して『ベツ剣』が、ある意味、効果を発揮しすぎて、連れてきた女の子たちが私をバッサリ。

いやさ、女の子でもバリバリ戦えるように、ベツ剣で精神負担を軽くしようと思ったわけよ。

直接的な理由としては、当時、魔力枯渇の原因が大国の配置に問題があると気が付いたんだけど、中途半端に情報を伝えたのがいけなかった。

おかげで彼女たちは、自ら大陸を守るため私をぶった切るという選択をしてしまったわけ。

もうちょっと、話を深く聞くぐらいの選択肢は欲しかったな。

いや、精神制御を失敗した私の責任なんだけどさ。

でもさ、個人的にこういう大陸の全体の問題は、大陸全員で取り組むのがいいんじゃないかなーって思ったりもしたから、私が斬られた結果自体は恨んでいなかった。

拾った彼女たちが、自ら道を切り開くなら、それでいいと思ったんだ。

世話になった他の仲間たちに別れの言葉を言えなかったのは残念だったけどね。

で、目覚めたら350年後。

目覚めた当時は、結構自由に動けていて、その時にあの後の経緯は知った。

ヒフィーは昔みたいなふわふわした優しさはなりを潜めていて、一国のトップになっていた。

ピース率いるダンジョンモンスターたちが大陸を制圧しようとしてそれを食い止めたのがべツ剣を持った彼女たち。私が死んだことで、私の身内たちは真っ二つになっちゃったみたいだ。

物語では英雄譚のように語られているが、私から見れば壮絶な内輪もめだ。

そして、大国のほとんどに、彼女たちがその祖として名前は残っているけど、ほとんどは幽閉だってさ。

精神制御のせいで猪突猛進になってたみたいだ。各国の調整を振り切って国家統一をしようとして幽閉。正直当時の各国の重鎮たちは大変だったろうなーと思う。

そんな私の残した者の願いも淘汰されて、彼女、ヒフィー自身の願いも砕け散った。

そして、自分で国を立ち上げて、私をお人形のアンデッドとして使い始めた。

……つまり、マジなのだ。

いや、私としては、戦争も1つの手段だから、ヒフィーの考えることは、否定はしない。

というか、残ってるのはヒフィーだけなんだから、口を出すつもりもない。

前に言った「私は……もう……必要ない」は「私は邪魔するつもりはないから、もう制御する必要はない」なんだよね。

いや、制御していないと、研究室に引き籠る自信はあるけど。

そういう意味では、ヒフィーは私を制御して正解だと思う。

彼女は別方向で勘違いしているみたいだけど。

そんなふうに思考をまとめてみるが、結局のところ、ヒフィーは私たちがいなくなって、人の手による解決という選択をやめたわけだ。

まあ、あれから400年。

それ以前からこの大陸を見続けてきた時間からすれば、ヒフィーはずいぶん気が長かったかな。

並の人なら、何度争いを起こしても不思議じゃない時間だ。

その気の遠くなる時間を、必死に堪えてきて、方法を模索していた彼女の選択に文句を言うつもりはない。

さて、それでは何がややこしいのか？

それはこの前、私が宣戦布告のつもりで行った部隊が、飛龍に蹴散らされた件だ。

あんなレベルの魔物が30匹以上もいるのがおかしい。

しかも、きっちり連携していた。

私が生きていた頃でさえ、飛龍なんて山の奥の奥にいる珍しい魔物だった。

強さも、今来ている竜騎士さんが従えるワイバーンを軽く超えている。

10戦して10敗は固いだろうというほど差がある。

しかも、その飛龍を率いていたのは、オークと来たもんだ。ついでに喋る。

もう訳分かんねぇ。

いや、ダンジョンマスターとして活動していた時は、高位の魔物、デュラハンとかリッチは喋ったよ？

無論動物型の魔物も喋る。

が、オークなんて量産の使い捨てだ。

あれを喋らせるメリットが存在しない。

一瞬、私とは別の新しいダンジョンマスターが選ばれたのかと思ったが、そのオークのおかげで、その線は消えてしまった。

だって、そのオークの強さが尋常じゃなかったから。

喋らせるだけでも無駄にDPを使うか、教育に時間を費やさないといけない。

さらに、研究者ではあるが、魔術師であり、ダンジョンマスターとして全体的な底上げがされまくった私の腕をあっさり斬り落とした。

つまり、知識だけではなく、能力全般が上がっているのだ。

これが、他のダンジョンマスターの仕業である可能性は非常に低い。

あんなオークを用意するなら、飛龍をもっと増やした方が効率がいい。

この大陸のDP補充量は400年前よりさらに悪くなっているのだから。

裏を返せば、アグウストとか人の国の他に、ピースが魔王をやっていた時よりやばい、本物の魔王が出現している可能性があるのだ。

場所はおそらく、魔力の集積場所となっているランサー魔術学府の近く、魔の森だ。

ポープリが孤児を保護していた施設を、まさか魔術学府にまでしてしまうとは思わなかったけど、おそらく、ポープリはこれを予見してその場所に魔術学府を建てたんだと思う。

彼女は頭の回りは良かったからね。外見が小さいまま、不老にしたのはちょっと早まったかなーと思ったけど、結果的には上手くやってるみたいだ。

ん、話がずれたね。

たぶんあのオークや飛龍たちは、襲うに難しいポープリの学府よりも、私たちが何も備えがない状態のところを襲ってきた。

今、飛龍対策はモトメさんがやっているけど、あんなオークが出現しているのだから、他ももっと増強しないとまずい気がする。

そんな進言も、ヒフィーにできない。

体の自由が利かないから。

あのオークたちが再び前に出てくるなら状況次第では押し込まれるだろうし、その時は無理に制御を解除して、この話をするとしよう。

そう、一応、無理に制御を解除できないことはないのだ。

だが、今、ヒフィーと話し合う態勢が整ってない状況で制御を解いても、あっさり強固な制御をかけられておしまいになる。

私がヒフィーの所から逃げ出すならそれもいいが、彼女を置いて逃げる気は毛頭ないのだ。

ああ、私って友達思いだよね？　死人になっても心を砕いているんだから。

お、気が付けば、使者のステータス書き出しが終わっているね。

どれどれ……。

ふーむ、竜騎士さんはポープリの所の学生だから、レベルは低いねー。

でも、魔術の才能はあるみたいだね。

その旦那さんも、魔力操作かー。なかなかキワモノだね。

で、アグウストの魔剣使いさんは、ほほう、レベル82か。うむうむ、かなり強いね。これは、ヒフィーのアンデッド魔術師隊の材料かねー？

で、あとは護衛の傭兵さんたちか……。

ふむ、平均的にレベル70前後か、まあ、凄いね。

凄いけど、魔剣使い以上でもないし、特出したスキルもない。

……なんか怪しい。

特に、この2人。ユキとタイキって人、見た感じがモトメさんと似ている。

異世界から呼び出された？　でも、ステータスにはそんな記述はない。

隠蔽スキル持ち？
でも、私の鑑定は隠蔽も見破るはず。
あー、直接調べに行きたいけど、体が自由に動かない!?
まあ、隠蔽していたところで、私やヒフィーを倒せるとは思えないけど……。

第314掘：いいか、奴は空気を読まない。絶対にだ。

side：ヒフィー

「……長い時を過ごしてきました」

そう呟いて、私は自室の古びた椅子に座ります。

ギシッ、と響く音が部屋に響きます。

この椅子も直しなおし使っていますが、そろそろ限界ですかね？

「限界。そう、限界でした」

頭の中を過った言葉を口に出して、その意味をしっかりと再確認します。

私はもう、後戻りできない。

自分の手を血で染めてでも、やるべきことのために足を踏み出しました。

戦争という、自らが毛嫌いした手段を用いてです。

滑稽ですね。

神という立場を与えられても、結局、祈りは届かず、いえ、力及ばず、愚か者と断じた人々と同じ方法を取ろうとしています。

でも、限界だったのです。

笑い合ってきた友人や子供たちが、理不尽な暴力によって、物言わぬ骸になる。

そんなことを何度も、神になる前から経験してきました。

結局、人は自ら前に進めない生き物なのです。

多くの国が興っては、滅び、そのたびに犠牲になるのは、そこで暮らす民。

大義を掲げ立ち上がっても、その流れを変えることはできなかったのです。

いつまでたっても、敵と認めた相手を攻め、奪い、それで富を得ようとする愚か者共しかいませんでした。

私は考えました。

何が悪いのか？

そして、ある答えに辿り着きました。

貴族という、権力を持つ半端者が存在するからなのです。

元を辿れば、王侯貴族もただの人。

しかし、ちょっとした功績で成り上がった者は、欲に取りつかれ、国を富ますために、民を流血させることしか考え付かない愚か者にしかなりません。

全部が全部、そうではないかもしれません。

しかし、今現在も続く、滑稽な国境や領土争い。

これは、全体的に見て、上に立つ王侯貴族の責任です。

ですから、私はこの大陸の王侯貴族すべてを排除することにしました。

戦力も整っている。

ただの夢物語ではないのです。

きっと、民が主権を握ったとしても、争いや特権階級は残り続けるでしょう。

しかし、今よりも確かに良い未来が訪れる。

私はそれを確信しているのです。

そして、それを成した後に魔力枯渇を解決してみせてから、ようやくルナ様に顔向けができるというもの。

私やコメットは間違っていたのです。

そもそも、大陸がまとまっていないのに、魔力枯渇を解決できるわけもないのです。

色々な場所を探ろうにも、国と国が愚かな争いをしているせいで移動にすら時間を取られる。

そんな状態では、成せることも成せません。

そういった意味でも、王侯貴族という、悪しき愚か者共を排除する必要があるのです。

チリリリリ……。

そんなことを考えていると、部屋の片隅からそんな音が聞こえます。

その方向に視線をやると、黒い長方形の箱にコップが付いている妙なものがあります。

「電話ですね」

私はその電話に近づきコップを取り、耳に当てます。

『もしもし、タイゾウです。ヒフィー殿、今よろしいでしょうか?』

そのコップからは不思議なことに、部屋が離れていて、聞こえるはずのない、タイゾウ殿の声が聞こえてきます。

電話は、魔術を使わず、技術により遠く離れた相手と話ができる道具です。

これこそ、人の可能性。

才能に拠《よ》らず、努力によって成し得た、人の可能性の結実。

と、いけません、今は、返事をしなくては……。

「はい。大丈夫です。何かありましたか?」

『そうですな。ありました。どこから説明したものやら……そういえば、使者との話はどうなりましたかな?』

「もちろん決裂です。明日にでもライナ殿は引き返すでしょう。予定通りです」

『そうですか……すいませんが、少しその使者との話し合いを引き延ばしてもらえないでしょうか?』

「なぜでしょう?」

タイゾウ殿にしては珍しい。

これと決めたら、淡々と進めていくのが彼のやり方なのです。

『それがですな。傭兵が使者の護衛としてついてきているのはご存知ですか?』

「はい。いましたね」

『そのうちの2人が、他国から呼び出された異世界人だったのです』

「まあ、そんなことが……」

そんな技術が残っている国があったとは……。

『その異世界人なのですが、まあ容姿は見たと思いますが、黒髪に黒い瞳《ひとみ》で、私の同郷の人だったのです』

「タイゾウ殿のですか!?」

『はい。母国の話を振ってみましたが、ちゃんと受け答えしてくれました。間違いはないと思います。それで私としても、彼らの知識と、何より同郷の者を、このような戦いでなくしたくはないのです』

「それは当然ですね」

何を好き好んで、同郷の人たちで殺し合いをする必要があるのでしょうか。

そんな愚か者は王侯貴族の馬鹿共しかいません。

『そこで、私は彼らに、こちらでできた知り合いごと、ヒフィー神聖国へ亡命するようにと持ちかけました。勝手なことをして申し訳ない』

「いえ。タイゾウ殿の判断が間違いとは思いません。人は助け合うべきなのです。で、彼らは亡命をすると？」

『いえ、残念ながら、彼らもこちらの意図をはかりかねているようでして。他国で勇者として呼ばれたものの、今では傭兵ですからね。若い彼らがそのような慎重な行動に出るということは、かなり、つらい道のりだったのでしょう』

……タイゾウ殿の話に、私は怒りで震えました。

右も左も分からない異世界からの人を誘拐、拉致しておいて、放り出したということです。

いいえ、放り出すつもりがなかったとしても、彼らを不安にさせ、自ら出ていくような状況に置いていたというのでも問題です。

本当に、王侯貴族とは救いようがない……。

「タイゾウ殿、許してもらえるのであれば、私が彼らに会って、直接謝罪をし、なんとか亡命をしてもらえるよう頼みたいのですが、いいでしょうか？」

『生真面目ですな。ヒフィー殿が謝罪をする理由はありませんぞ？』

「このような事態になるまで放っておいた私の責任です。彼らのこれまでの道のりは、想像をはるかに超えるものでしょう。この世界に住まう人として、神として、私は彼らに謝らなければいけません」

『そこまで言うのであれば、止めはしません。と、そこはいいとして、ヒフィー殿に亡命関係の説明をして欲しいのです。ヒフィー殿に会ってちゃんと話をすれば、分かってくれると思うので』

「そういうことですか。分かりました。明日はラライナ殿が帰るのは引き留めて、彼らと話してみましょう」

『ありがとうございます。それですが、彼らが亡命してもその身内たちはまだ外国です。ですので……』

「分かっています。開戦を遅らせるように、ラライナ殿にはそれとなく言っておきましょう」

彼女はまだ事態を飲み込めず混乱しているようですし、そこに付け込めば、どうとでもなるでしょう。

そんなことより、タイゾウ殿の同郷の人たちは何としてでも保護しなければ。

私もタイゾウ殿の力を借りているとはいえ、いや、借りているからこそ、絶対に助けなくてはいけない。

そんな、当然の恩義や感謝を忘れた生き物がきっと王侯貴族という愚物なのでしょうから。


そして、次の日。

タイゾウ殿の同郷の人たちと会うために、部屋を訪れました。

「どうぞ、ヒフィー殿。こちらです」

タイゾウ殿の案内の下、扉を開けると、そこには2人の青年、いえ、少し若いですね。少年と言ってもいいぐらいの若者がしっかり立って、私を待っていました。

本当に、黒い髪に黒い瞳、顔だちも、どことなくタイゾウ殿に通ずるものがあります。

「こちらが、ヒフィー神聖国の代表。ヒフィー神聖女殿だ」

タイゾウ殿がそう説明すると、2人の若者は頭を下げて、挨拶をします。

「不作法で申し訳ありません。私は、使者の護衛として来ている傭兵団の団長のユキです」

「俺も、いや、私もユキの傭兵団で傭兵をやっているタイキといいます」

その硬い物言いに、私は少し悲しくなってしまいました。

いえ、何も問題はないのですが、普通ならば何も問題はないのですが……。

見ず知らずの世界に放り出されて、このようにしなければ生きていけなかった彼らの道のりを思うと……。

先に言葉を発した少年は、すでに上に立つ者として、同郷の少年や傭兵の部下を守るために、そのようにあることを自らに課し。

後の少年も、言葉をすぐに変え、私に非礼のないように努めています。

……彼らを何としても亡命させるように説得し、このような理不尽な立場から救い上げなくては。

このような争いで散らせていい命ではありません。

きっと、タイゾウ殿と同じように、自ら未来を創る力を持っているのでしょうから。

「どうぞ、そんなにかしこまらないでください。私もタイゾウ殿には助けられているのです。まずは、お掛けになってください。美味しいお茶を入れますから」

とりあえず、彼らの緊張を解くように努めよう。

彼らの目には警戒と緊張が入り混じっている。

あれでは、冷静に話を聞くのは難しいかもしれません。

そう思って、自ら、お茶の入っているティーポットに手を伸ばした時、ユキと名乗った少年が口を開きます。

「あの、よければ、私とタイキ君、そしてもう1人分用意してもらえませんか?」

どういうことか分からなかった。

この場には、私、タイゾウ殿、ユキ殿、タイキ殿の4人がいる。

だが、3つでは、私かタイゾウ殿の分がない。

「ああ。私のことを気にしているのかな? 私は特にお茶はなくても構わないですぞ」

なるほど、タイゾウ殿は案内兼、護衛という立場に見えるから、お茶が振る舞われないと思ったのだろう。

そして、本人もお茶はいらないなんて言っている。

それでは、ユキ殿とタイキ殿も気が休まらないでしょう。

「大丈夫ですよ。タイゾウ殿の分もちゃんとありますから。ほら、さっさと座ってください。

タイゾウ殿」

「しかしですな……」

「同郷の年上が我慢している状況で、ゆっくりお茶が飲めますか？」

「……分かりました」

ふう。こういうところは頑固ですね。

さ、気を取り直して……。

「あ、申し訳ない。こちらからもう1人、この話に参加する人がいるのです。その人の分をと思いまして」

「タイゾウ殿、その1人は席を外しているのですか？」

「いいえ。私はそのような人物は知りませんが？　ユキ君、どういうことだ？」

私とタイゾウ殿は不思議そうに、もう1人分というユキ殿の顔を見つめました。

「えーと、私というか、ヒフィー殿の知り合いなのですが」

「ヒフィー殿の？」

「はい？　私の知り合いですか？」

そんな人は存在しないはずですが？

シスターたちの誰かでしょうか？

でも、いったいなぜ？

私たちが混乱していると、いきなりテーブルの上が光り輝き、その中から人が現れます。

「神降臨‼」

その人物はそう名乗り、テーブルの上で仁王立ちしています……。

あまりの光景に、私は口を開けてぽかーんとしていると、先に我に返ったタイゾウ殿が、すぐに私の前に立ち、その見たこともな……い？

「何者だ‼　この方が、ヒフィー神聖女と知っての狼藉か‼」

あれ？　どこかで……？

「いや、何者も何も、さっき神降臨って言ったじゃない。ねぇ？」

「こっちに振るな、こっちに。まずは知り合いだと確認させろ。追い出されたいか」

ユキ殿はこめかみを片手で押さえつつ、しっしと手を振ります。

……まさか？

「そうねー。って、まだ分からないのかしら？　ヒフィー？」

その、神々しいお顔は……。

「ルナ様⁉」

このアロウリトの世界の神を統べる、上級神、女神ルナ様。

「うんうん。その通りルナでーす。いやー、無事だとは思わなかったわ。ちゃんと連絡ぐらいしなさいよね」

「あ、も、申し訳ございません。り、理由がございまして……」

「でしょうね。その件も含めて色々話を聞きに来たわよ。で、そこのガリ勉軍服。私はヒフィーの知り合いなの。だからそんなに警戒しなくていいのよ」

うん。この軽さ、女神ルナ様に間違いない。

でも、真面目なタイゾウ殿は……。

「衛兵を呼びますか？　それともコメット殿を？」

「いえ、いいですから!!　本当に知り合いなんです!!　あ、コメットは連れてきてください!!

彼女とも知り合いですから!!」

「……本当に大丈夫なんですか？」

「はい。大丈夫です」

あれ？

……私は何をしようとしていたんでしょうか？

いえ、そんなことより、コメットも連れてルナ様とお話をしなければ!!

第315掘：真面目な奴はついていけない

side：ユキ

うん。

ルナを信じた俺が馬鹿だった。

前に嫁さんたちの前に出てきた時は、その場を和ませるギャグだと思っていた。

いや、思い込もうとしていた。

だってさ、その場のニーズに合わせて、地球ではスーツ着て、通報されない格好で、一応怪しい勧誘をしていたんだ。

だから、一触即発の状態で、ぶち壊しにするようなネタはやらないと思ったんだよ。

こう、厳《おごそ》かな、この世界なら通じそうな、本当に「神様だ！」って思われる演出で出てくると思ったんだ。

「うんうん。ヒフィーの入れるお茶も久しぶりね。美味しいわ」

「お口に合いまして何よりです」

で、現在、本目さんはヒフィーの後ろで控えつつ、難しい顔で現状を眺めている。

上の立場であるヒフィーがいいと言っている手前、何かを言うわけにもいかず、説明もないままその状態を保てる本目さんには尊敬の念しかない。

二次大戦中の軍人は我慢強くもあったわけだ。

俺ならすでにハリセンで殴ってるわ。

「あの、ユキさん。俺たちどうすれば？」

「……ルナが話を進めるまで傍観だな。一応、ヒフィー神聖女は運よく、偶然、ルナに敬意を払っているようだし、俺たちが口を挟むのはやめておこう」

「……ちゃんと話が進むといいですね」

本当にな。

まあ今回の件はルナ自身も色々思うところがあるみたいだし、話がまともに進むと思いたい。

……なんで、こっちの方向で心配してるんだろうな？

「お待たせいたしました。お呼びでしょうか？」

そんなことを考えているうちに、最後の役者が揃った。

前任者のダンジョンマスター、コメット・テイル。

アンデッドで、いまいち立ち位置が分からないんだよな、この人。

「お、コメット、久しぶりね。って、アンデッドだったわね。この魔力の流れから察するに、ヒフィーが制御を握ってるのね？」

ああ、ヒフィーがアンデッドにしたのか。

何かヒフィーから変な魔力の流れがあると思ったが、これが原因か。

「申し訳ありません。色々事情がありまして……」

「分かってるわよ。でも、この場ではコメットにもちゃんと素の状態で聞いて欲しいし、制御解除するわよ……って、あら、自分で解除できそうね」

「え？」

ヒフィーが不思議そうに、コメットの方を振り返ると、同時にガラスが一欠片、割れたような音がして……。

「どもー。いやー、ルナさんお久しぶりです。死んでて申し訳ない。あっはっはっは‼」

そう言って、笑い声をあげる美女が1人。

……いや、あの無造作に綺麗な髪を含めて、頭をボリボリ掻くから、頭が一気にボサボサになる。

美人台無しである。

「相変わらずのテンションね。死んでもそれは変わらないみたいね」

「どうでしょう？　実際、ダンジョンの固定化で、魂が無事なのが理由かもしれないですよ？だって、他のアンデッドって表情に乏しいですから」

ふむ、コメットさんの意見には賛成だ。アンデッドはよほど高位でない限り、獣《けもの》並みの本能くらいしか残っていない。

つまり、コメットさんは魂という情報を、何らかの手段で維持しているということだ。

まあ、一欠片でも残っていれば、時間をかけて、ただのスケルトンやゾンビも元の感情を取り戻していくのだが。

……って違う違う。

今は、これから始まる話し合いに集中しないといけない。

なのだが……。

「なっ、コメット。いつから⁉」

「いや、結構最初からいつでも解除できたけど、誤解でまた制御されたらたまらないしね。命令で私の意思に関係なしに動く体も便利だったし」

「貴女という人は……」

なんて、和気あいあいな会話だ。

「まあまあ。タイゾウ殿もこっちが私の素だからよろしくぅ‼」

「は、はぁ。どうも」

本目さんはついていけないようだ。

俺もついていけねぇ。

何だこのテンション。

あの駄目神の人選はどうなっていやがる。

コメットはひと通り知り合いに挨拶が済んだと思ったのか、俺たちに振り向き……。

「やぁ、初めまして。私の後輩。そして、異世界から来た勇者殿」

あっさり、こっちの正体を見抜いた。

……変人だが、頭の良さはずば抜けているかもしれない。

side：タイゾウ・モトメ

……正直に言おう。

状況がよく分からない。

ユキ君と、タイキ君、そして私と、ヒフィー殿しかいなかった状況で、いきなり現れたルナと名乗る……いや、ヒフィー殿が「ルナ様」と敬称で呼んだ相手。

そして、今まで人形のようだったコメット殿の変貌ぶり。

……誰か、この状況を説明してくれ。

しかし、現実は非情かな。誰も私の問いには答えてくれず、時間だけが過ぎてゆく。

まあ、時間が過ぎてくれたのはよかったか。

勝手に状況は動いている。

ヒフィー殿はルナ殿にお茶を入れて和やかに話しているし、コメット殿はユキ君やタイキ君に話しかけている。

ずっと無言だったりしたら、私が時間を止められる力を持っていて、時間を止めたとしても、何も解決を導き出せる自信はない。

見た感じ、今すぐこの場で争いが起こるような状況には見えない。

ひとまずは安心していいだろう。

「申し訳ありませんが、ヒフィー殿、私にもあの方を紹介してはいただけないでしょうか？」

ヒフィー殿とルナ殿のお茶が一息ついたところを見て、声をかける。

このままでは私はただの案山子《かかし》になってしまう。

「あ、申し訳ありません。こちら、私より格が上、えーと、上官と言っていいでしょうか？上級神のルナ様です」

「はろー。あんたも二次大戦から、こんな文明が一回りも二回りも遅れたところへ飛ばされて大変ね」

「⁉ルナ殿も、地球の方でしょうか？」

「あー。うん。まあそんな感じね。その様子だと、ヒフィーが神ってことに懐疑的でしょう？」

「……」

「あ、そりゃ本人の前では言い辛いわよね。ま、私もその怪しい神って分類よ。わざわざ神である証拠を見せるのも、納得させるのもめんどくさいから、そう名乗っている生物と思っておけばいい。今までのままでいいと思うわよ」

……なるほど。

本当に、何か人を上回る力を持っているようだ。

まあ、彼女が言うように、「神という生物」という認識は変わらないのだが。

「分かりました。しかし、ヒフィー殿が礼を尽くし、そして上官と言っていますし、私もそれに倣《なら》って対応させていただきます」

わざわざ反発してヒフィー殿に心労を与える理由もない。

そう思い、私は敬礼をする。

ルナ殿は敬礼をした私を見て、少し驚きの表情をした後、ころころ笑い始めた。

「ごめんね。本目を笑ったわけじゃないのよ。ほら、あそこの2人とは、まあ態度が違いすぎてね」

そう言って、ルナ殿はユキ君とタイキ君を指さす。

「それは当然でしょう。彼らは軍人ではありません。ない物を求めることはできません」

「そうね。本目の言う通りだわ」

「しかし、ユキ君がもう1人と言っていましたが、ルナ殿のことだったのでしょうか？」

「ええ。私がそのもう1人で。ユキをこの異世界に送り込んだ張本人ね」

「どういうことでしょうか？　ユキ君は勇者として……とは言っていませんでしたな」

彼は確か、似たような感じとしか言っていなかったな。

これは、謀られたか。

まあ、お互いの考えが分からないうちに手札を見せるわけにもいかない。

……しかし、あの歳でそこまで考えが回るのか。

将来の日本は安泰と思えばいいのか、その人材がこちらに引っ張られてきたことを嘆けばいいのか……。

「そういうこと。私の呼び出しも、ヒフィーがいることが確認できたからよ。まあ、お互い存在を知らないでやってきたということね」

「……ヒフィー殿の世界を守るという話は、ルナ殿からでしたか」

「そうよ。って、その様子じゃ、ほとんど説明を受けていないようね」

「申し訳ありません。今の状況では、まずは大陸を安定しないといけないと思いまして……」

「ヒフィー殿の言う通りです。世界をどうこうする前に、自分たちの住まう場所を安定させなければ。土台をしっかりしないものに先はありません。無駄に情報を与えてもらっても、私としては混乱するだけでしょう。必要な時に、必要な情報を、というのが妥当かと」

「ふむふむ。ちゃんと考えているようね。ま、そこら辺もまとめて、私からちゃんと説明しましょう。全体を把握しておくのも、間違いではないでしょう?」

そう言って彼女は、私とヒフィー殿から離れ、ユキ君、タイキ君、コメット殿が話している所に近づいていって……。

コメット殿の頭に拳を振り下ろした。

「いっ……!?」

ゴン。と鈍い音が響いて、コメット殿がその場に頭を押さえて蹲《うずくま》る。

「何、痛がっているのよ。もうアンデッドなんだから、痛覚はほぼないでしょうに」

「いや、脳が揺れたからね!? もうちょっと、ルナさんは自分が神とかいう規格外生物だという認識を持った方がいいよ」

「あん? ゾンビになってもその物言いは変わらないわね。死んでも腐っても、その頭の中身は変わらないのかしら?」

「ゾンビじゃなくて、リッチ系!! というか、頭を両手でわしづかみにして、上下に振らないで!? 出ちゃう、今日の朝食が出ちゃうから!? あと腐ってないからね!! ぴちぴちの死にたて新鮮!!」

「えーい、そのまま吐け!! そして、落ち着け!! というか、朝食なんざ食ってんじゃねー!! 私は朝食抜きで仕事だったたっつーの!!」

「そ、それは、ルナさんの、生活スタイ……うぉぇ……」

「ちょ、こら、私が離れてから!? ぎゃーーー!?」

……頼む、本当に頼む。

何が起こっているのか説明してくれ。

見目麗しい美女と呼んでいい人たちが、吐瀉物まみれで騒いでいるとか、意味が分からん。

私は何のためにこの会談の場を設けたんだっけか？

「本目さん。まあ、こういうモノだと思った方がいいですよ」

気が付けば私の横には、遠い目をしたユキ君が立っていた。

なんという疲れた瞳か……。

「君は、こんなことを何度も……」

「慣れますよ……たぶん」

「……慣れてはいけないと思うのだが」

こんな会談が存在していいわけはない。

……いや、これは一応非公式だからいいのか？

私の友人と会わせるような話だったし？

「うえっぷ。あーあ、朝食がもったいない。と、汚れちゃった。ねぇヒフィー、服の着替えってどこだっけ？」

「内臓も出ているから!?　というか、コメット、貴女は自意識があったなら服の場所ぐらい知っているでしょう!!」

会話だけなら微笑まし……くはないな。

見た目はさらに見るに堪えん。

コメット殿の服は吐瀉物で汚れ、さらに何か内臓みたいなものが出ている。

どういった理屈で喋っている……。

ヒフィー殿も、そんなことを言いつつ、内臓を口に押し戻して、手早く掃除をしている。

「ユキ、旅館の露天風呂借りるわよ!! 最悪!!」

「待てこら!! 個室で洗い流せ!! 嫁さんたちも入るんだぞ、病気になったらどうする!!」

「病気って、あんた神を何だと思っているのよ!! 私たちが汚いとでも言うつもりかしら!!」

「じゃ、洗い流さなくてもいいだろうが。洗うってことは汚いって認識してるんだろ」

「ぐっ、分かったわよ。家で着替えてくるわ……」

向こうも向こうで大変そうだ。

……自業自得、と言わないのは、これ以上、話がこじれないためだろう。

ユキ君が言わないのに、私がそこを言うわけにはいかない。

というか、さらなる混迷に入る気がする。

「ふいー。いや、昼間から風呂に入るとは思わなかったわ」

「あっはっは。そうですねー」

のんきに笑い合う2人をよそに、私はさらなる混乱の中にいた。

吐瀉物を洗い流すと言って、ルナ殿がユキ君と話しているうちに、コメット殿がご随伴に与りたいと言い、それを諌めるヒフィー殿を無視して、一緒に風呂に入る流れになった。

……ここまでの流れは良くはないが、まだいいとしよう。

しかし、ここからさらに訳が分からなくなった。

ユキ君が、さすがに自分の拠点に連れていくわけにはいかないと、ちょっと意味の分からないことを言って、即席で、この大神聖堂の下のダンジョンを改装すると言ったのだ。

ダンジョンを知っていることについては驚いたが、コメット殿と繋がりのあるルナ殿の知り合いなのであれば、知っていてもさほど不思議ではない。

だが、ダンジョンを改装すると言ってから即座に、本当に瞬く間に、大神聖堂の下に旅館ができたのだ。

嘘ではない。

地下なのに、なぜか空があり、今は冬のはずが、中では桜が満開で、露天風呂を楽しめるようになっていた。

……いや、何を言っているのか意味不明だと思うが本当なんだ。

その状況に、ヒフィー殿もコメット殿も驚きはしつつも、普通にルナ殿に連れられて、女湯へと入っていく。

私も大混乱中とはいえ、女湯に入るなどという愚行は犯さない。

「ふぅ。DPの無駄遣いさせやがって。いや、ある意味、ここのダンジョンの掌握《しょうあく》をごく自然にできたからいいのか？　あの駄女神の考えることはよく分からんが、今のうちに色々小細工しとくか」

横では、おそらく、このダンジョンの改装を行ったユキ君が、透明なクリップボードみたいなものを空中に浮かべて、色々操作をしている。

……小細工？

言葉は気になるが、まずは状況の把握に努めよう。

女性たちに話が聞ける状況ではない。

女性が3人揃えば姦《かしま》しいというが、あれは本当に文字通りなのだろう。

「すまない、ユキ君、とりあえず君の知っていることを教えてもらえないだろうか？」

「いいですけど……何を聞きたいですか？」

「……とりあえずダンジョンの話からお願いしたい」

情報は、必要な時に必要な分だけ、とは言ったものの、今の私は知らないことが多すぎる。

「……とりあえず、お茶出します」

「……すまない」

なぜだろう。

私が今回の話し合いの責任者だった気がするのだが、一番置いて行かれている気がする。

第316掘：それでも……。

side：コメット・テイル

私は今までにないことを経験している。

死後に新しい経験をできるとは、人生分からないものだ。

こんな大きな池を丸ごと、お湯にして、「お風呂」という贅沢品に変えるとは……。

「いやー、長生きはするもんだね」

「貴女はもう死んでいるでしょう」

「別にいいじゃない？　意識があるんだから」

まったく、ヒフィーは無粋だねー。

ヒフィーらしいと言えばらしいけどね。

しかし、こんなものをあっさりＤＰで構築するなんて、どうやったのかな？

明確なイメージがないとＤＰで生産なんてできないんだけどね。

空に舞う桃色の花びらに、偽物の空の星々といい、どういった理屈なんだろうね。

私がそんなことを考えていると、ルナさんが露天風呂？　の隅にあった箱を開けて、中にある瓶を取り出す。

見た感じ、たぶん飲み物なんだろう。

「さて、露天風呂で酒は飲まないといけないでしょう」

「ルナ様。さすがに今はユキ殿たちの話し合い中ですので……」

あ、そう言えばそうだっけ？

ルナさんが出てきて話がぶっ飛んだ感じだね。

うん、この人も変わらないね。

「相変わらず堅いわね。ま、そう言うと思っていたから、ほら、ジュースよ」

「あ、どうも」

「コメットはこっちの方よね？」

「分かってるじゃないか。そっちがいいね。何だいその白い瓶は？」

「日本独特のお酒でね、熱燗、冷酒、と幅の広い清酒ってやつね」

「ふむふむ。名前から察するに、温めてもよし、冷やしてもよしってやつだね？」

「そういうこと。まあ、お風呂だから冷酒にしてるわ。熱燗は晩にでも飲みましょう」

そう言って、小さいコップ？　にその瓶からちょろちょろとお酒が注がれる。

「うわ。冷えてる!?」

「いや、冷酒って言ったでしょう？」

「てっきり常温かと思ったよ」

「ああ、今は冬だもんね。でもあれは冷蔵庫って言って……」

「物を冷やす箱だろ？　うーん、あんなことに魔術や魔力を割くのは無駄かと思っていたけど、案外ありだなー。昔も少しは余裕があればよかったのに」

「説明が楽でいいわ。さ、さっさと飲みましょう。久々の再会を祝って……」

「「「乾杯」」」

うん。

初めて、この3人が集まった時も、門出を祝って飲んだっけ。

「美味しい……」

「かぁーー、いいわね‼　やっぱり‼」

「ルナさんが勧めるだけあるね。本当に美味しいよ」

透き通った水のような喉ごし、それでいて、しっかりと酒精を感じさせる強さ。

きっと、果物を使っているのだろう、飲むたびにその華やかな味がしっかり分かってくる。

「まったく。何度も思うけど、この味が米でできているとは信じがたいわね」

「……え⁉　さすがに嘘でしょう⁉　この感じ、絶対果物が混じってるって⁉」

「ふふ、それが日本の技術、魔法でもない、積み上げたものの力ってやつよ。まあ、ある意味、魔術だって積み上げたものだけどね」

「魔術は使う人が限られるからね。万人に使えてこそだと思うよ」

自分も魔術師ではあるが、魔術師だけ、しかも才能がある者だけにしか使えない魔術が多すぎる。

これでは、魔術の力が上がろうが、上限はたかが知れている。

多様性というのは、多くの人に使ってもらうことで生まれるのだ。

私が切り捨てた「冷やす道具」を目の前で見せられてそう思った。

その多様性を持つ世界から来た人たち、そして、そのあり方を許容した国、ニホン……ね。

「……あの、私にも一口だけいいでしょうか？」

私がそんなことを考えているうちに、私たちの会話が気になったのか、ヒフィーが物欲しそうな顔で、こっちを見ていた。

「いいわよ。ほら、持ちなさい」

「いいえ、ルナ様に注いでもらうわけには……」

「いいのよ。これがこのお酒を飲む時の礼儀と思いなさい」

「はぁ？　そういうのであれば」

トクトク……。

そんな耳に聞こえの良い水の音が聞こえる。

そして、そのお酒をヒフィーはゆっくり味わうように、喉に流し込む。

……一口だけで止まるわけないよねー。凄く美味しいから。

くくく、これは後で冷やかすネタになりそうだね。

「……美味しい」

「ヒフィーの口にも合ってよかったわ。さて、一息ついたことだし、さっさと説明をしましょうか。そのためにわざわざユキにこの場所を作らせたんだから」

「なるほど。後輩たちと別れたのは、言い合いにならないためかな？」

「まあね」

ということは、私たちにとってもあまりいい話ではなさそうだね。

まあ、後輩という言葉を否定しないのだから、私たちは……。

「率直に言いましょう。あのユキはあなたたちの後任として、この新大陸に来て活動しているわ。そして、それなりの成果も上げている。あなたたち2人はユキ相手にどういう行動を取るつもりかしら？　このままだと、ユキとぶつかるわよ？　いいえ、すでにいつ戦闘になってもおかしくないわ。あなたたちからすれば、邪魔しているのはユキなんでしょうけど、向こうからすれば、邪魔しているのはあなたたちなのよ」

そうだろうね。

敵方の使者として来ているのだから、戦争を起こしたくないってことだ。

「ルナ様がこちらに来られたのは……」

「なるべく穏便に事を済ませたいからね」

「……お言葉ですが、ユキ殿はまだこちらに来て日が浅いはずです。そのような新人にこの腐った大陸を、魔力枯渇の原因を探ることはできません」

「私もヒフィーに賛成だね。どこまで、ユキ君だっけ？　あの後輩が知っているか分からないけど、たとえ私たちが知り得た結果に辿り着いたとしても、経験が絶対的に足りないと思うし、おそらく私たちの二の舞になると思う」

ユキ君は若い。

確かにダンジョンマスターとしての才能はあるのだろう。こんな場所を即席で作り上げるのだから。

でも、あの歳でこんなぐちゃぐちゃの大陸の情勢をどうこうできるとは思えない。

それはダンジョンマスターの才能とはまた別。

自分が痛いほど、というか、身をもって知った。

「あー。うん、そこからね。そうねー、まだあなたたちには伝えていないのだけれど。世界にはこの大陸以外に大陸があるのは知っているかしら？」

「え？」

「私はうっすらとだけど、知っているよ。眉唾な文献からだけどね。まあ、こんな大陸が1つだけ、っていうのも変だろう。世界は広いんだし、タイゾウさんやユキ君みたいな人がいる異世界だってあるんだから」

「そう言われれば、そうですね……」

僕の言葉でヒフィーも納得する。

……あれ？　なんでルナさんはこの話を今したんだ？

「……まさか」

「うん。察しがよくて助かるわ。ユキはすでに、別の大陸の魔力枯渇をほぼ解決して、こっちの大陸に来ているの」

「ええ!?　そ、それは本当なのですか!?」

「本当よ。まあ、魔力枯渇の根本的な原因が分かっていないから、この空白地帯、あなたたちがいなくなっていたと思っていた大陸にも手を回してもらったのよ」

「えーと、つまり……」

「そう、あんたたちは実績においてもユキより下なわけ。国との交渉とかその他諸々もね」

「「……」」

うげ、反論するネタがなくなってしまった。

でも、ヒフィーは口を開いた。

「ユキ殿が私たちより優秀なのは分かりました。ですが、すでに事は動き出しています。そして、私たちの大陸の始末は私たちが付けるべきです。ユキ殿はここからは手を引いていただいて、他の大陸もあるのでしょうから、そちらに回っていただくというのは？」

ダメだよヒフィー。

道理が通っていない。

そもそも、ルナさんがこの大陸にユキ君をやった理由は……。

「はぁ……ヒフィー。まず、貴女が音信不通になったのがそもそもの問題なの。それは分かっているのかしら？　それでユキに手を引けって言うのは無茶苦茶よ？　ま、ほとんど失敗の状態で報告するわけにはいかなかった、というのも分かるけどね」

そう、私たちが失敗したからだ。

なのにもう一度チャンスを、というのはちょっとね……。

でも、ヒフィーの言っていることは分からないでもない。

結局この大陸を見ず知らずの、と言っては失礼だけど、よその人間に任せたくはない。

そして、事態はすでにもう止まらないところまで来ている。

「それは……分かっています。しかも、愚かにも私はタイゾウ殿を呼び寄せた。ですが、そのおかげで、ようやく手が届きそうなのです。どうか……」

うん。

タイゾウさんのおかげで、ようやく目標に手が届きそうなのは事実だ。

今から手を引くのも……。

「……」

ルナさんは、ヒフィーが懇願して顔を下げて風呂の中にツッコんでいる姿を見つめる。

……すっごい変じゃない？　シュールだよ⁉

「……」

でも、ルナさんは真剣な表情のまま、ヒフィーも風呂に顔をつけたまま動かない。

……やばい。こらえるんだ。笑っちゃいけない。

「……苦しくない？」

「がぼっ⁉　ルナ様、こっちは真剣なんですよ‼」

「いや、でも、風呂に顔突っ込んで頭下げても、ギャグにしかならないわよ？」

もう我慢の限界だった。

私はよくこらえたと思う。

「うひゃひゃひゃ‼　ひー、お腹痛い‼」

風呂の水面をバシバシ叩く。

だめだ、ヒフィーの真面目さがここでミスマッチしまくってる。

「ぶはっ⁉　笑わないでください‼　こっちは真面目なんです‼」

「ご、ごめん。で、でも……。ぷっ、ぶっ、ぶっはははははは……」

ダメ、ツボに入った。

きつい。

死人を笑い死にさせようとするとか、ヒフィー、恐ろしい子‼

「ま、コメットが私の代わりに散々笑ってくれたからいいでしょう。1つだけ言うわよ。このままじゃユキとぶつかるわ。ユキは今の状態を維持して魔力枯渇を探るつもりらしいから」

「……それなら排除するまでです。この大陸にも昔は多くのダンジョンマスターがいました。それをコメットと一緒に排除してきたのです。それと変わりません」

……ユキ君は私利私欲に固まったアホなダンジョンマスターではないと分かっての発言だろうな。

私が生きていた時は、ルナさんがノリで選んだダンジョンマスターが10人ぐらいいたけど、そのほとんどが私利私欲、というか、何をどうすればいいのか分からないので、とりあえず国を飲み込む手段を選んだ。

目に見えてDPを回収できるからね。

それを知った私たちは必死に阻止して、表に出ないよう秘密裏にこの大陸を守ってきた。

その結果発生したダンジョンモンスターや、多くの難民が出て、彼らを私が拾い、守ったのだ。

結局、民たちは協力し合えない私を含むダンジョンマスターたちの被害を被ったことには変わりない。だから、守ったというより罪滅ぼしなのかもしれない。

それがピースだったり、後の聖剣使いの彼女たちだったりするのだが……。

「……まあ、普通ならそれで私も文句は言わないわ。競い合って、よい結果を導けるように色々な生き物をダンジョンマスターにしてきた。でも、今回は違うのは分かっているでしょう?」

「……」

……今回はわざわざルナさんが出てきた。

これは異例だ。

私も生前、彼女がダンジョンマスター同士の争いに出張るところは一切見たことがない。

「ユキはわざわざタイゾウと同じ異世界、日本から連れてきたの。もう現地の生物では解決できないと判断してね。まあ、今も残っている他の神やダンジョンマスターにやられるならそれまでで諦めもつくんでしょうけど……。ヒフィー、あんたに参戦する権利はないわ。私がそう言うの。それでもユキを排除して、この大陸を自分の手でどうにかしたいかしら?」

ルナさんはそうヒフィーに聞く。

……正直、私には口の出しようがない。

すでに死んでいるんだから……。

「……それでもです。この大陸は私たちの手で」

「私に逆らうのを覚悟の上ね?」

「はい」

ヘタすれば、この場で一気に消されかねないのに、その場しのぎの嘘もつかないで、ヒフィーは馬鹿正直に答える。

嘘をついても、あとで消されるだけだけど。

しばし、2人は見つめ合い、お湯が湧き出る音が響く。

「はぁ、ヒフィーの覚悟は分かったわ」

「それでは⁉」

「いいえ。ユキを退かせるわけにはいかないわ。元はと言えば、連絡を絶ったヒフィーが悪い」

「……はい」

「そして、しっかり確認をしなかった私も悪いっちゃ悪い。今回の件にユキの落ち度はないの。だから、私の立ち合いの下、代表を決めて、勝負でもして、ユキを納得させなさい。あんたたちに任せても大丈夫だって。これが私が出せる最大の譲歩ね。まあ、どうせ、どのみちぶつかるユキとの勝負が早まっただけよ。この方が被害も少ないし、お互いにいいでしょう。どう？　私の立ち合いがあるから、死ぬこともないわ」

うん。ルナさんの話はいい条件だと思う。

ヒフィー、どうするんだい？

「……分かりました。その話、受けさせてもらいます」

「よし。ならさっさと上がりましょう。のぼせてきたわ」

そう言って、ルナさんはさっさと露天風呂から上がって、脱衣所へ向かう。

それを目で追いつつ、ヒフィーは呟く……。

「代表……ですか」

「そうだね。ヒフィーと私、後は……タイゾウさんは無理かな？」

「それは、無理でしょう。彼を私情で戦わせるわけには……」

だろうね。

今の話を聞けば、どっちが正しいかってのは分かる。

タイゾウさんは、そこら辺の判断を間違うわけないし、２人で頑張るしかないかな。

「こら、さっさと出なさい。あんたたちの汗たっぷりのお風呂なんて勘弁だからね‼」

「あ、はい」

そう言われて、ヒフィーは慌てて上がり、私もそれに続く。

「……そういえば、死体の私が風呂に入って大丈夫なのかな？」

不意にそんなことを思った。

腐敗が進行するとかないよね？

勝負の最中、ギャグにならないように確認しとかなきゃ。

番外編　始まりの村

side：ヒフィー

「初めまして。今日からこの村でシスターを務めることになりました」

私はそう言って挨拶をする。

そう、私は今日からこの村で働くことになる。

「おー、きれいなおねーちゃんだなー」

「ほほ、これで教会に行くのが楽しくなるのう」

「父ちゃんも爺様も、シスターさんに迷惑かけたら拳骨だからね」

そんなにぎやかな話があちらこちらから聞こえてくる。

この村の人たちにとって、人の出入りは珍しいようで私のようなシスター1人が派遣されてきたことに対して村総出で出迎えてくれているように見える。

仕事とかは大丈夫なのでしょうか？

「いやー。若いお嬢さんがこんな辺鄙《へんぴ》な村に来てくれるとはありがたいことだ。何か困ったことがあれば言ってください」

「はい、ありがとうございます。村長様」

「はは、様なんていらないよ。みんなで助け合って生きているだけで、私が便宜上代表をしているだけにすぎない。そちらの司祭様の方がよっぽど立場が上だよ」

「何を仰いますか。この20年何事もなく村を治めているではないですか。立派なものです。私こそ肩書だけですよ。彼女の方が回復魔術も長けていますし、よっぽど役に立つでしょう」

「もう、司祭様。私をそのように言わないでください。何も分からない小娘なのですから」

「「わっはっはっは！」」

元気のいい、気持ちの良い方たちだ。

当初はこの村に左遷も同然でちょっと気落ちしていたが、これもきっとこの地で気持ちを新たにしろということでしょう。

あまり国と関わりを深くするのは好ましくないと仰る方もいますし、私もその時期ということなのでしょう。

人々を信じる。それこそが大事。

ちょっとだけ手を貸すのが今の私がやるべきことなのでしょう。

そんなことを考えつつ、村の人たちへの挨拶を済ませて、こぢんまりとした教会の部屋の一つで荷物の整理をしていると、不意に教会のドアが開く音がします。

カランカラン……。

教会の入り口には鐘が取り付けられていて、誰かが訪れればすぐに分かるようになっていいます。祈りだけでなく急患ということもありますからね。

そして今、司祭様は村長様のところでお話があって出ているはず。

つまり、この教会には私しかいないということになります。

さっそく、シスターの私の出番ということですね。

「はいはーい」

私が返事をして礼拝堂にやってくると、そこには私と同じ年ぐらいの少女が立っていた。

「あれ？　おじいちゃんじゃない？　君は誰だい？」

そう聞いてくる少女は髪の毛はぼさぼさ、服もよれよれ、でも大事そうに本を持っている。

なんでこんな格好になるんだろう？

と、そんなことよりも挨拶をしなくては。

「初めまして。私は本日この教会に赴任してきたシスターのヒフィーと申します。これからよろしくお願いいたします」

「あー、なんかおじいちゃんがそう言ってたっけ？　ども、初めまして。私はこの村に住んでいるコメットっていうんだ。これからよろしくね」

「で、いかがなさいましたか？　今、司祭様は村長様のご自宅でお話をしていますが？」

「そっちかー。いや、ちょっと本で分からないことがあってね」

少女、コメットはそう言って大事そうに持っていた本をこちらに見せる。

「文字を読めるのですか？」

「うん。ここのおじいちゃんや村長が教えてくれてね。何とか読めるよ。その一環で本を読んでるんだ」

「なるほど。文字の勉強中ということですね。そうですね、私で教えられる範囲であるならご説明させていただきますが？」

私はそう切り出した。

この世の中で文字を読める人は少ない。

そんな勉強をしている暇があれば働くのが常識だ。

そういう教養が必要なのは、王国貴族、そして私のような宗教関連人物、あとは商人。

そして、こういう村をまとめるための村長など。

つまり彼女はそういう立場になる人なのだろう。

今後の村との関係もありますし、ここは協力をしようと判断をした。

「本当かい？　いやぁ、助かるよ。おじいちゃんは仕事で忙しそうだし。毎日しつこく聞くわけにもいかなくてさ」

「まあ、私が力になれればですが。で、どこが分からないのでしょうか？」

私はてっきりこの文字をどう読むのか、などを想像していたので……。

「ここさ。炎の魔術を発動する時に必要な火のイメージっていうのがあるんだけどさ、曖昧《あいまい》なんだよねー。よく火を見つめるべしとか、手を突っ込んでみるとか」

「は?」

何を言っているのか意味が分からなかった。

「いや、この魔術の使い方ってやつさ。まずは火の魔術をと思ってね」

「なるほど。コメットさんは魔術の練習をしているんですね」

「そうそう」

ようやく状況が飲み込めてきました。

彼女は字を読むことはできるようですが、魔術が上手く使えないということですね。

「コメットさんは勤勉なのですね。文字を読めるだけでも凄いのに、魔術の勉強もするなんて。普通、魔術が使える一般の方は感覚でしか使わないでしょう?」

そう、魔術の勉強をするのはよほどの魔術師か学者様しか存在しない。

なぜなら、先ほど言ったようにイメージに拠るところが大きいと言われるからだ。

そのイメージを明確にする方法というのは、魔術の秘儀というか流派によって違い、千差万別。流派を学んだからといって必ず使えるわけでもないし、才能がない属性はいつまでたっても使えないというのが一般的だ。

だから一般の人にとって魔術書は意味のない書物でしかない。

勉強したところで使えるかどうか分からないからだ。

一般の人が読むのはせいぜい……。

「その感覚だけっていうのが私にとっては不可解でね。誰でも使える魔術適性の調べ方ってさ、各属性を使ってみて使えなかったら才能なし、それだけだろう？　勉強や訓練すれば使えるようにならないかなーってさ」

彼女の言う通り、魔術適性は簡単に知らべてはい終わりのものだ。

とはいえ、それにも理由がある。文字を学ぶことと同じく芽が出るかも分からないものに時間をかけるぐらいなら他のことをということ。

生きる上で魔術は便利ではあっても、絶対に必要なものでもない。

とはいえ、便利ではあるのだから彼女のように誰もが魔術を使えるようにと研究している人たちもいる。

まあ、そういう人たちは「優れた魔術は選ばれた者たちが使える」という思想の人たちにとっては目障りなようで、各国でも揉めているようだ。

「なかなか興味深いことを調べているのですね。コメットさんは魔術学者になりたいのでしょうか？」

「え？　いや、私はただ興味があるから、かな？　まあ、村の人たち全員が魔術を使えるようになれば便利だとは思うけどね」

「そうですか」

なるほど。彼女にはそういう魔術を使う人たちの権力争いには興味がないようです。

まあ当然ですね。この村に住んでいるのです。そんなことは思いもしていないでしょう。

あるのはただの好奇心と、少しでも村の人たちが楽になればという素直な気持ちだけ。

ならば私が断る理由はありません。

「そういうことでしたらぜひ協力させてください。まあ、魔術のことなのでどこまで協力できるかは疑問ですが」

「いや、協力してくれるって言ってくれるだけでも嬉しいよ。ありがとう。この魔術の話はおじいちゃんぐらいしかついてこれなくてさ」

確かにそうでしょう。

魔術の話ができる人はまず魔術を使えなくてはいけませんし、彼女が調べているのは魔術の新しい道を切り開くようなこと。

生半可なことではついていけないでしょう。

「じゃ、さっそくだけど。ヒフィーさんだっけ？　この炎の魔術のイメージってさ……」

「そうですね。炎の魔術というのは……」

これが私とコメットの初めての出会い。

そうね。今も昔も彼女は何も変わらなかった。

ただ好奇心の塊。

女性なのだから少しは身だしなみに気を使えばとは言ったけど、彼女は全然無頓着で、そのまま時が過ぎ……。

「コメットちゃん。どうだい王都の魔術学校に行ってみては？」

「魔術がっこう？」

そう司祭様から告げられたコメットは首を傾げている。

初めての出会いから1年とちょっと、彼女は相変わらず魔術に対しての考察実験を独自に続けている。

おそらく、その熱意を司祭様は見込んでいるのでしょう。

それは私も同意です。ただの熱意だけでもなくちゃんと……。

「学校というのは、勉学を教える場所のことです。この場合は魔術を教える学校ですね」

「おー！　そんな場所があったんだね！　じゃ、なんでみんなそこに行かないんだろうね？　魔術を教えてもらえるんだろう？」

「残念ながら誰でも行けるわけではないのだよ。ちゃんと才能ある者で、そして学校に教えを乞《こ》うためのお金があることが必要だ」

「あー、お金か。じゃ、私には無理だね。お金なんてないし」

「それがそうでもないのよ。ほらこれ」

私はそう言って棒が四角に組まれている物を取り出す。

これこそが、コメットの学費を補う、いや、それ以上のものをもたらしたものだ。

「それがどうかしたの？　魔鉄鋼を使ったただの加熱板じゃん」

コメットの言う通り、これは魔鉄鋼という魔力を含んだ鉄で、コメットのある加工により、魔力が少しでもあれば加熱が始まるという特性を持つ魔道具だ。

この魔道具は今では村の全員が使っているだけではなく、この村にやってきた商人によって王都やそれ以上に広がっている便利なものだ。

そして、この製作者はコメット。

つまり……。

「コメットはこういうことに興味はないかもしれないけど、この加熱板はたくさん売れていて製作者であるコメットにも、商人を通じてたくさんの金が入っているのよ。だから金銭に関しては問題がないわ」

「あとは、魔術学校には推薦《すいせん》が必要なんだが、そこは私が出させてもらう。これでも昔は名の知れた治癒術師だったからな」

コメットの魔術学校に行くための障害はほぼ解消されている。

あとは、コメットが行くかどうかになるのですが。

「で、どうします？」

「うーん。王都の魔術学校ねー。ここでおじいちゃんやヒフィーと勉強するより効率いい？」

「効率はいいとも思いますよ。なにせ魔術を学習するための場所ですからね。私たちは教会との仕事があり手伝えないことがありますが、魔術学校ならそういうことはないでしょう」

「だな。魔術関連の本も山ほど置いてあるし、魔道具の研究もしている。ここにいるより色々なことを調べられると思うぞ」

「ほー。なら行こうかなー。あ、でも、家と畑どうしよう？」

実はコメットは幼い頃にご両親を亡くされていて、それ以降一人で暮らしているそうです。その面倒を見ていたのが司祭様で文字の勉強や魔術の才能を開花させてくれた方でもあります。

「それなら、私とヒフィー君に任せなさい」

「ええ。ついでに散らかっている家の掃除をしてあげましょう」

彼女はどうも片付けができないタイプで、散らかりっぱなしなのです。

とはいえ、本以外は農具ぐらいのもので後は何もない家なんですが。

コメットは少しの間宙を見つめて悩んでいたのですが、すぐにこちらに視線を戻し……。

「分かった、お言葉に甘えさせてもらうよ。私は魔術学校に行く」

「ああ。そもそもお金はコメットちゃんのものだし、遠慮せずに行ってくるといい」

「でも、ついていけなかったらすぐに戻ってきていいんですよ」

「あー、王都の魔術が使える人たちが多いんだろう？　その可能性は高そうだね。ま、とりあえず王都に行って、観光ぐらいはして戻ってくるよ」

「いやいや、観光だけで戻ってきちゃダメですからね？」

冗談で言ったつもりが、コメットは本気で王都観光だけで戻ってきそうだ。

「司祭様。一応、学校までは送り届けた方がよさそうな気がします」

「そうだな。私もそう思う。生活費を渡したら、すべて使い果たしそうだしな」

「えー。そんなこと……しないと思うよ？」

「こちらを見て言いなさい。あと最後がなんで疑問形になるんですか？」

ダメだ、本当に彼女は生活能力がない。

司祭様に頼んでお金の使い方とかをしっかり教えないと、すぐにすっからかんになって戻ってきますね。

まあ、村の娘なんですからお金とか普通使うことはないですから、そういう意味でも教えないといけません。

王都の生活はとにかくお金がかかるのです。

そして、その準備にも。

コメットが学校に行くと決まってから、あれやこれやと手続きや準備に追われて、気が付けばコメットが旅立つ日が来ました。

「じゃ、ヒフィー、行ってくるよ」

「はい。ちゃんと一人で生活してくださいね」

「いやー。そこまでずぼらでもないんだけどね」

「今までの家の様子を見てそんな言葉は信じられません」

「うっ。とりあえず、家と畑をよろしく頼むよ」

「はい。お任せください。コメットも学校頑張ってください」

「任せてよ、って言っても何をどう頑張ったらいいのか分からないから、とりあえず自分がやりたいことをやってみるよ」

「それでいいですよ」

コメットの探求心こそきっとまた新しいものを作るきっかけになるでしょうから。

私も彼女の帰る家をちゃんと守っていきましょう。

「コメット。貴方の旅路に幸多からんことを」

そう願って、気が付けば3年が経っていました。

すでに私の拠点は教会からコメットの家に移っており、家の維持と畑の世話をしつつ、教会でシスターをするという日々を過ごしていました。

「シスター。今日もコメットちゃんの無事を祈っているのかい？」

「はい。司祭様。彼女はよき友人ですから」

「はは。その願い、きっと神様も聞き届けてくれるだろう。しかし、もう3年か」

「ですね。彼女のことですからすぐに帰ってくるとか、金欠で戻ってくるなどと思っていましたが……」

「あれで意外としっかりしているのさ。そうでもないと家に一人でいさせるわけがないからね」

「そうですね。よくよく考えればその通りです」

コメットは意外にも問題を起こすことなく、真面目に学校生活を送っているようでした。

しかし、司祭様の言う通り、それは当然でした。

私が来てからは私がコメットの世話を焼いていましたが、その前までコメットはしっかりと一人で生活をしていたのですから。

「彼女はいつまで学校にいるのでしょうか？　進退はうかがっていますか？　私の手紙には毎日楽しいぐらいしか書いてなくて」

私はコメットと手紙のやり取りをしています。

とはいえ数か月に一度、司祭様が王都に出向く際に一緒に持っていってもらっている、という程度です。

私が個人で手紙を出すとなると、近場の町まで行って手紙を頼むか、数か月に一度来る商人たちに預けるしかありませんし、お金も凄くかかります。

　シスターの給与ではとても毎月出せるものではありません。

　なので、彼女の詳しい事情を聞いたことはありませんでした。

　いえ、下手に聞いてこちらに戻ってくると言い出さないためですね。

「コメットちゃんはあんまり王都でのことは君には伝えてないようだね」

「というと？」

「コメットちゃんは王都でも話題の魔術師だよ。色々な発明をしているし、発明王なんて呼ばれているみたいだ」

「まあ」

　驚きだ。彼女がそんなふうに呼ばれているなんて思いもしなかった。

　だけど、あの放熱板のことを考えれば当然だとも思う。

　あれは、凄い代物だった。

「では、村には戻ってこないかもしれませんね……」

「ああ。でも、彼女の才能を世に知らしめるのは村よりも王都がいいだろう」

「はい。その通りです。彼女の才能はこの村だけで終わりにしてはいけません。きっと世界で必要とされるでしょう。ちょっと寂しいですけど」

「まあ、そこまで遠くないんだ。何かあればすぐ会いに行けばいいさ」

「はい。そうですね」

永遠にお別れというわけでもありません。

司祭様の言う通り、会いに行けばいいんです。

今度お休みをいただいて会いに行こうかなと思っていると……。

「ただいまー」

噂のコメットが教会のドアを開けて入ってきました。

「おや、コメットちゃんお帰り」

「お、お帰りなさい。いきなりどうしたんですか？」

まさか話をした瞬間に戻ってくるなんて思っていなくて少し動揺しながら質問をすると、コメットにしては珍しく顔を腹立たしげにゆがめて……。

「王都で魔術の研究はもうおしまい。どいつもこいつもあれ作れとか、作るなとか、派閥に入れとか鬱陶しくって仕方がない。極めつけは女は出しゃばるなだってさ。女が魔術を使って大きい顔するなってクソ野郎どもが言うんだ」

そう一息に言い切った。

どうやらよほど鬱憤が溜まっていたようですね。

まあ、王都は基本的に男性中心の社会ですから、やっぱり女性には生きづらいですか。

しかし、魔術に関しては女性の方が魔術適性が高いということで、そこまでなかったはずですが……。

「ふむ。コメットちゃん。一般社会はともかく魔術師に関しては実力が一番優先されるはずだけど？　そんなことを言った連中は頭は大丈夫かい？　というか魔術学校の中には女性教師も多くいたはずだけど？」

「それが、その頭が結構な立場の子供でね。もともと女性が表に立つことを嫌う連中でさ、ここ3年で女性職員は3分の2は減らされて、学生も嫌がらせを受けてやめていったよ」

「なんてことを……」

そんな人が上にいるんなて。

教会と同じく優れた才能を持つ者を追いやるための措置にしか思えませんね。

「私にも自分の下につけとか偉そうでさ。研究成果も自分によこせとかいうんだよ。もう付き合ってられなくて、さっさとこっちに逃げてきた」

「なるほどな。それなら、それで正解だな」

「私も正しいと思います」

そういう過激な連中は何をするか分かりませんからね。

こっちに戻ってきてよかったと思います。

「ということで、ここでのんびり研究をするよ。お金も全部下ろしてきたし、魔術ギルドとか入ってたけどもう何も関係ないもんね」

「かなり用意周到だな」

「それだけしないとその馬鹿たちがこっちまで追いかけてきそうでさ。ちゃんと巻いてきたし、追いかけてくる心配はないよ。私の故郷はどっかの町ってことにしておいたから今頃そっち方面でも探してるんじゃないかな」

「私が会いに行ったのは問題ないのか？」

「あれは教会で会っただけだし、神父さんと話してただけに思われるんじゃない？　でも、おじいちゃんの方からも教会にくぎ刺しとくといいかも」

「そうだな。連絡はしておこう。今はそれよりもコメットが戻ってきたんだ。お祝いだな」

「はい。そうですね。何か食べたいものはありますか？」

「それなら……」


こうして私たちはコメットが再びこの村に戻ってきたことを祝うのでした。

それからしばらくは静かな村での時間が過ぎていきました。

気が付けばコメットも少女から女性という年齢になって、私もこの村に来てからずいぶん時間が経っています。

これからもそんな時間が続くのだと思っていました。

「買い物？」

「うん。研究に必要なものがなくなってね。お金はまだあるし、町に行って買ってくるよ」

「大丈夫？　戦争が始まったらしいと聞きますが？」

そう、村はいまだに平和なままだけれど、国はどこかの国と戦争を始めたようで、王都などは騒がしくなったと司祭様は言っていました。

その中で町に買い物なんて危険な気がします。

道中は魔物はもちろん盗賊も出ます。

盗賊は戦争が起こると増える傾向にありますから、コメットだけで買い物に行くのは……。

「大丈夫だって。これでも優秀な魔術師なんだ、いざとなれば空を飛んで逃げるさ」

「はぁ、止めても無駄のようですね。ではせめて回復薬を持っていってください。貴方は回復魔術だけは初級ぐらいしか使えませんからね」

「それは仕方がない。ヒフィーが教える回復魔術は全然理論がないんだから。祈りで傷が治るとか意味分かんないし。あ、そうだ。回復魔術の資料もないか調べてこよう」

「寄り道ばかりして遅くならないようにしてくださいね」

「はいはい。分かってるって、だからさ、また家と畑をお願いするよ」

「ええ。分かったわ。行ってらっしゃい」

この行動が、まさかあんな未来につながるとは露とも思っていませんでした。

あの時私が彼女を止めていればどうなったのかと……。

「いえ、そんな『もしも』はいりません。今は、ただ前に進むのみです。いいですね、コメット」

「はい」

私の言葉に返事するコメットは以前の輝きはなくただ返事をするお人形。

……そのことが、私をひどく苛立たせるのでした。

本書に対するご意見、ご感想をお寄せください。

あて先

〒162-8540 東京都新宿区東五軒町3-28
双葉社　モンスター文庫編集部
「雪だるま先生」係／「ファルまろ先生」係
もしくは monster@futabasha.co.jp まで

のゲームが
配信中!!
PC・
Androidで
遊べる!
必勝ダンジョン DMM GAMES
検索

必《ひっ》勝《しょう》ダンジョン運《うん》営《えい》方《ほう》法《ほう》⑭

2020年10月3日 第1刷発行

著者 雪《ゆき》だるま

発行者 島野浩二

発行所 株式会社双葉社
〒162-8540
東京都新宿区東五軒町3-28
電話 03-5261-4818(営業)
03-5261-4851(編集)
http://www.futabasha.co.jp
(双葉社の書籍・コミック・ムックが買えます)

印刷・製本所 三晃印刷株式会社

フォーマットデザイン ムシカゴグラフィクス

落丁・乱丁の場合は送料双葉社負担でお取り替えいたします。[製作部]あてにお送りください。
ただし、古書店で購入したものについてはお取り替えできません。
[電話]03-5261-4822(製作部)

定価はカバーに表示してあります。

ISBN978-4-575-75276-2 C0193
Printed in Japan

Mゆ01-16